週末は、おくのほそ道。

大橋崇行

JN031783

双葉文庫

1　旅立ち

月日は百代《はくたい》の過客にして、行きかふ年もまた旅人なり。舟の上に生涯を浮かべ、馬の口とらへて老いを迎ふる者は、日々旅にして、旅を栖《すみか》とす。

松尾芭蕉《まつおばしょう》『おくのほそ道』の冒頭部分を初めて読んだのは、中学三年生のときだった。

国語の授業で声に出して読む。必死に覚えて、職員室にいる国語の先生のところに行って暗誦をする。少しでもつかえたり、言い間違えたりしたら、やり直し。こんな授業に意味があるのだろうか。疑問に思いながらも、私は必死に文章を覚えていた。クラスの女の子たちとお互いに読みあって、何度も途中で躓《つまず》いては、脳の奥にきっと残っているであろう記憶を掘り起こす。

そうして暗記した本文は、今でもそらで口に出すことができる。そうはいっても、あの頃の私が文章の内容を理解していたかといえば、かなり心許ない。

――月日というのは永遠のように長い時を旅する旅人のようなものであり、その過ぎ去っていく一年一年もまた、旅人である。船頭のように浮かんだ舟で生涯を過ごし、馬子《まご》のように馬の轡《くつわ》を引いて老いていくような者は、日々旅の中にいるのであり、旅を住まいとしている。

現代語訳を読めば、なんとなくわかったような気にはなれるのだ。けれども、次々に比喩を重ねていくこの文章が中学生にとってはひどく難解なものだということは、高校で国語を教えるようになった今では痛いほどわかる。『おくのほそ道』冒頭の一編「旅立ち」は、中学三年生で一度学習をして、高校に入ってからふたたび古文の教科書に出てくるという珍しい文章だ。だからといって、高校生だってこれをきちんと理解できているかといえば、そんなことはけっしてない。

大学生だった頃に習った江戸文学の先生に言わせれば、中学や高校で安易に扱えるほど簡単な文章ではないのだという。むしろ教科書からは外してしまって、本居宣長《もとおりのりなが》の『紫文要領《しぶんようりよう》』あたりを採用したほうが、よっぽど古文を読む勉強になるそうだ。

たしかに『紫文要領』はきちんと論理をたどって読むことができるし、文法的にも高校で勉強する範囲に収まっている。宣長が『源氏物語』を「もののあはれ」だと論じた文章の一つなので、文学史の知識も同時に学ぶことができる。

それでも『おくのほそ道』を読んだことは、少なくとも私にとって、他の文章では替えることのできない意味のあることだった。

それは、高校生のときに「俳句甲子園」という大会に出場するきっかけを与えてくれたというだけでなく、この数か月、私の周りで起きたあらゆる出来事と、つながっていたように思えるからだ。

*

膝の外側、やや下のところを指で強く押された直後、私は目をぎゅっと固くつむって叫び声をあげた。

隣の椅子に深く腰掛けている川谷空《かわたにそら》も、私のように叫んだりはしないものの、顔を歪《ゆが》めて苦悶の表情を浮かべている。

――お灸ってさ、火とかつけるんでしょ？　ちょっと怖くない？

空がそう言ったために、私たちは清澄白河《きよすみしらかわ》駅近くにある台湾式足ツボマッサージ店に入ることになった。だから空は、声を出すことが躊躇《ためら》われたのかもしれない。

股引の破れをつづり、笠の緒付けかへて、三里に灸《きう》すうるより、

『おくのほそ道』の「旅立ち」で中学生のときにわからなかった部分の一つは、「三里に灸すうるより」という表現だった。

教科書にはいちおう、「三里」についての脚注が付いていた。説明を読んでなんとなく意味はわかったものの、中学生だった私にはなかなかピンとこなかった。けれども今の私は、これ以上ないほどの実感をもって、この部分を理解することができる。

三里とは、両膝の外側やや下、くぼみになっているところに人さし指を置き、指四本を揃えてちょうど小指が当たっている場所。病気の予防や体力増強に加えて、足の疲れ、むくみ、胃腸の不調、膝の痛みにも効く万能のツボだと言われている。そうしたところに疲労感があればあるほど、強い痛みが出るらしい。

江戸時代には、ここを押すことで健脚になると言われていたそうだ。だから芭蕉は『おくのほそ道』の旅に出るとき、このツボにお灸を据えたという。それを足ツボマッサージで真似しようとしたのが、私たちの失敗だった。

「今のお灸はよくできていましてね。じんわりと温かくなっていって熱くなったら外してしまうので、ツボ押しのマッサージよりずっと楽ですよ」

退店するとき、店員の鍼灸師は、ニヤリと笑ってそう言った。

店内のエアコンがかなり効いていたのだろうか。店を出ると、湿気を多く含んだむわりとした暑い空気に包まれた。駅のほうには高層ビルが続いている一方で、このあたりはもう下町の風情が広がっている。古い建物が建ち並び、大きなお寺が多い。東京駅から地下鉄でたった十分くらいの距離なのに、ここ深川と呼ばれる一帯にはレトロな雰囲気が漂っている。

「ツボ押しのほうが痛いなら、先に言ってほしかったよね」

恨みがましい声で、空は私に言った。

玉子のようにつるんとした顔立ちに大きな目。フード付きのパーカーにジーンズを合わせる私服のセンスは、高校生のときと同じだ。変わったとすれば、昔は髪を伸ばしていたけれど、今はショートボブにしているところだろうか。

そして目を細めて、顔をクシャッと崩したように笑う。この笑い方が高校生の頃からぜんぜん変わっていなくて、私は少しホッとする。

「疲れが溜まってなければ、痛くなかったのかな」と、私も釣られて笑った。

「それだけ美穂《みほ》の体がボロボロってことじゃない？」

「しょうがないって。基本立ち仕事で、休み時間は走り回ってるもん」

「学校の先生って、授業していないときはずっと休んでいるんだと思ってた」

「あ、それ。よく言われる。夏休みは仕事なんてしてないんでしょ？　とか。そんなわけないって。むしろ、普通の企業に勤めている人の話を聞くと、授業がない時期でも私たちのほうがずっと忙しいよ」

深川の芭蕉庵跡《ばしょうあんあと》に向かって歩きながら私が言うと、空がおかしそうに吹き出した。

「どうしたの？」

「いや、そういうちょっと諦めた感じの言い方、ほんと、高校のときから変わらないなあって。美穂って優等生なのに、けっこう言い方キツいよね」

なるほど、空はそういうふうに私のことを見ていたのか。

てっきり、典型的な優等生タイプとして見られていると思っていたので、空の指摘は少し新鮮だった。

「三十歳ってもっと大人だと思ってたけど、中身は思った以上に変わらないよね」

溜息交じりに、私は言った。

実感として、そう思う。

たしかに体は、少しずつ衰えはじめているのだ。

目元にできる小ジワや、肌の荒れが気になりはじめる。高校生だったときは平気で駆け上がっていたはずの階段も、気が付けば無意識のうちにエスカレーターのほうに足を向けるようになった。勤め先は上の階に行く手段が階段しかないから、昇り降りが本当にキツい。

けれども中身はというと、驚くほど変わっていない。

学生時代よりは、少し違った角度から物事が考えられるようになっている。でも、それは内面的に成長したというよりも、子どもとは別の立場を経験したことで、視点が変わったということが大きい。少しくらい見方が変わったからといって、正しい答えが導き出せるわけではない。

精神的には、自分はまだ高校生の延長、大学生くらいの感覚なのだ。それなのに、周りが勝手にこちらを大人扱いしてくる。

自分に子どもがいたりしたら、もう少し変化があったのだろうか。たとえ子どもがいたとしても親としての役割を要求されるくらいで、内面的には変化がない気もする。

もしかすると大人になるというのは、中身には変化がないのに、周囲から大人としての振る舞いを求められてそれに応《こた》えようとすることで、いかにもそれっぽい振る舞いを演じることができるようになるくらいのことなのかもしれない。

事実、こうして高校一年生のときに同じ部活にいた空と一緒にいると、いつの間にか私は、まるで高校生だったときのような言動に戻ってしまう。こういう雰囲気は、十年後も、二十年後も、私がおばあちゃんになっても変わらないのかもしれない。

「まあ、少し体が軽くなったし、良かったんじゃない？　それに、足裏マッサージをしてもらったら、むくみがとれて靴がガバガバになった」

空は言いながら立ち止まって、スニーカーの踵《かかと》の部分をパカパカと動かしてみせた。

たしかに私も、靴が急に緩くなった気がする。

「そうだね。じゃあ、行こっか？」

私と空は並んで、清澄白河の駅から北に向かって歩いた。
七、八分ほど歩くと、みや古《こ》という割烹がある。灯籠になっている看板の奥にある古い建物に入った瞬間、いきなりタイムスリップしたような気がしてテンションが上がる。
ここは一九二四年の創業、もともとは天ぷら屋だったお店で、今は深川めしの専門店になっている。美食家として知られている作家の池波正太郎《いけなみしょうたろう》がよく来ていたために、東京のガイドブックには必ずと言っていいほど載っている。せっかく深川に来たのだからここは外せない。

深川めしはもともと、アオヤギなどの東京湾で採れる貝をネギと一緒に味噌で煮込んだものを、ぶっかけご飯にして食べていた漁師たちの食事だったらしい。それをこのお店では、二代目の頃から、あさりで取った出汁を使った炊き込みご飯にして、上に青海苔を散らす形に変えて出しているそうだ。その深川めしにお吸い物、小付《こづけ》、お新香に天ぷらが付いた「深天」は二千九百八十円。

竹わっぱの蓋を開くと、味噌の匂いがふわりと鼻腔に広がった。軽く混ぜてから、口に含む。すると、味噌の匂いに、出汁と青海苔から出てくる磯の香りが混ざって舌を包む。あさりの身はぷりぷりと弾力があって、ご飯はけっして濃くはないのだけれどしっかりと味が染みこんでいる。途中でぬか漬けのお新香を挟むとちょうど箸休めになって、口の中がいったんリセットされる。個人的には、茄子がさっぱりしていて気に入った。

「うまっ！」

空は口の中身をすぐに飲み込んで、ふたたびご飯に箸を付ける。

「来て正解だったでしょ？」

私は口にご飯を含んだまま、したり顔で空を見た。初日からこんなに贅沢していいのかな……と、少し尻込みしていた空を、せっかくの旅なんだからと引っ張ってきたのだ。

本来の目的よりも先に、食い気。こういうところが今の私たちらしいと言えば、そうなのかもしれない。

二人で『おくのほそ道』の旅に出よう。

そんな話になったのは、八月のお盆を過ぎた頃のことだった。

SNSでつながっている知り合いの国語教員がシェアをしたおかげで、知らないアカウントの投稿が、スマートフォンで覗いていたタイムラインに流れてきた。

——今の俳句甲子園、準決勝チーム決めるとこまで投句審査だけなんだ⁉ 質疑応答がないと一発逆転が狙えないからキツいよねー。

流れてきた投稿には、そう書かれていただけだ。

俳句甲子園という大会の存在は、一般的にどれくらい知られているのだろう。その名のとおり、高校生が俳句を競いあう大会だ。去年は全国で六十六校、八十二チームが参加したらしい。その中から三十二チーム、多い年には四十チーム程度が全国大会にコマを進めている。それでも、野球はもちろん、全日本吹奏楽コンクールや、全国高等学校総合文化祭の一つとして行われている全国高等学校演劇大会ほどには、知名度が高くないように思える。

けれども私にとっては、十六歳だったときの記憶と、深く結び付いている。だから、その投稿にはドキリとした。

愛媛県の松山《まつやま》市で開催されている俳句甲子園全国大会は、たしかに例年、少し特殊なルールで開催されていた。一チーム五人の二チームが赤白にわかれ、対戦ごとに俳句を披露する披講《ひこう》が行われる。そのあと、白チームから赤チームに、赤チームから白チームに、相手の句に対してそれぞれ三分ずつの質疑応答が行われる。

審査員たちは、俳句の出来だけでなく、それぞれの質疑応答でのやりとりを見て、俳句の鑑賞能力も併せて評価することになっている。いわば、感想戦だ。

たとえば全国的に有名な進学校として知られているとある強豪校は、俳句の出来そのものにはちょっと首を傾げるようなものも少なくない。けれども、この質疑応答でのやりとりに異常に強く、大会で上位を勝ち取っていくスタイルで知られている。

私が全国大会に出場したのは、高校一年生のときだった。もう十四年も前の話だ。それでも少し前までは、当時と同じルールのまま開催されていたのだろう。

それが昨今では、全国に広がった新型のウィルス性感染症の影響で、大勢の高校生たちを一つの会場に集めることができない。そのため、十三人の選者たちが、投句された句だけを評価して勝敗を決め、チームを絞りこむことになったのだという。

私が勤めている高校は、芭蕉が旅をした『おくのほそ道』の終着点である岐阜県大垣《おおがき》市にある。そうした縁もあって、市内の小学校や中学校の教育では俳句にとても力を入れており、高校一年生の国語の授業でもいちおう俳句を詠む内容は取り入れている。とはいうものの、勤務先はけっして勉強が得意ではない生徒たちが集まっている学校だ。

俳句といっても、兼題《けんだい》——あらかじめ設定された題で句を詠むどころか、季語をきちんと使えるかどうかさえも覚束ない。たとえ俳句甲子園に出たとしても、質疑応答で勝負になる気がしない。文芸部のような部活動もない。

そんな状態だったので、高校を卒業してからの私が俳句甲子園のルール変更などチェックしているはずがなかった。

だから流れてきたSNSへの投稿を見たとき、机の引き出しの奥にしまったままになっていたかつて大切にしていた何かを、ふとしたきっかけでみつけたときのような気分になった。

それにしても……と、改めて思い直す。

俳句甲子園のルールなんて、そんなに認知度の高いものだっただろうか。

全国大会の様子はテレビで報道されることもあるし、二〇一九年にはドキュメントDVDブックも発売されている。公式作品集をずっと買い続けているような人もいるかもしれない。

生徒たちを出場させようと、欠かさずにルールを確かめているような教員もいるだろう。

高校教員の中には、自身が高校生だったときにやっていた部活で思うような結果が出ず、そのリベンジのために入職してくるというタイプが実は少なからず交ざっている。そういう教員は授業よりも部活のほうに熱心になるので、職場によっては周りの教員にとって迷惑だったりする。部活は教員にとって、あくまで業務外のボランティア。本来の仕事ではない。

俳句甲子園全国大会初日の予選リーグであえなく敗退し、敗者復活さえもままならなかった私には、高校時代のリベンジを教え子に託したいというような欲望は、教員採用試験を受ける前からまったくなかった。

高校生だった私が興味を持ったのは、あの当時たまたま見た、俳句甲子園を扱った映画がきっかけだった。そして、俳句甲子園に挑戦してみようと、周りにいた図書委員の友だちを半ば無理矢理に集めて、半年間だけ期間限定の急造文芸部を作ったのだ。

そう考えてみると、同時代に高校生だった人たちには私と同じ映画を見た人もいるはずだ。それがきっかけでファンとして俳句甲子園を追いかけている人たちがいるのかもしれない。

けれども、ＳＮＳの投稿には、「質疑応答がないと一発逆転が狙えないからキツい」と、書かれていた。これは、俳句甲子園の出場経験があって、文字通り質疑応答で勝負したことがあるからこそ出てくる発言ではないだろうか。

そんなことを考えて、私はタイムラインをさかのぼった。

さっきの投稿をみつけて、投稿者である「かさね」のアカウントページをタップする。

何気ないことを書き込んでいるというよりも、スマホで撮影した日常の写真を多く投稿しているタイプのアカウントのようだった。けっこう頻繁に投稿されている。

何枚か投稿されている写真を眺めていくうちに、ハッとした。

投稿者は、顔の部分を加工して隠している。それでも、写真から伝わってくる雰囲気に、どこか見覚えがあるような気がした。

――すみません。もしかして……川谷空さんのアカウントですか？

私は気が付くと、ダイレクトメッセージを送っていた。

川谷空。高校一年の夏、私と一緒に俳句甲子園の全国大会に出た女の子だ。彼女は夏休みが終わってすぐ、仙台に転校していってしまった。家庭の事情だったらしい。だからそれ以来、私は会ったことがない。

――えっ？……何でしょうか？

警戒するような返信があった。見知らぬアカウントから、いきなりメッセージを送られたのだから、当然の反応だ。

――私だよ、私。高校で一緒だった松尾《まつお》美穂。

私はすかさず、もう一通メッセージを送る。

――ウソ⁉　本当に？

――本当だって。

私はすぐに高校生だったときの写真を机の中から引っ張り出し、それをカメラで撮影して空に送った。

チェックのスカートに紺色のセーラーブレザー。中高一貫の私立で、高校から入学した私にとっては可愛くて自慢の制服だった。それを身にまとった自分は、イメージしていたよりもずっと幼かった。それに、思った以上に顔がパンパンに膨れている。自分の教え子たちを見ていてもわかるけれど、思春期の女子はホルモンの影響で体が変化するので、どうしても体が全体的に丸みを帯びる。

続けて、今の自分の写真。

ふだん撮り慣れていないので、ちょっと恥ずかしい。

すると返ってきたのは、黒い髪を短めに切った、細身の女性の写真だった。これが、今の空だろう。

空は今も、仙台に住んでいるらしい。簡単な近況をやりとりしてから何日かメッセージ上で会話を続けるうち、私はだんだんと思い出してきた。高校生だった空と過ごした日々の記憶。あれは、俳句甲子園の全国大会に出場するために、松山を訪れた夜のこと。顧問の先生に頼み込んで、出場メンバー五人でちょっと奮発をし、道後《どうご》温泉にある旅館の大部屋に泊まった。そこでふと、メンバーの一人だった空が口に出した。

――ねえ、『おくのほそ道』って、ちょっと行ってみたくない？

『おくのほそ道』は、江戸時代の俳諧《はいかい》師である松尾芭蕉が、弟子の河合曾良《かわいそら》とともに日光街道から奥州、北陸をめぐったときのことを記した俳文集だ。今に当てはめれば、東京から東北地方へ北上し、岩手から山形へ抜けて、新潟から金沢へ南下するというルートになる。その後、福井を通り、ここ岐阜の大垣にたどり着く。およそ五か月にわたる旅の様子と、訪れた土地で詠んだとされる句が書かれている。

俳句を作る人間にとって、松尾芭蕉は、明治時代の正岡子規とともに大きな存在。日常を離れて松山にいた高揚感から、空は芭蕉のことを身近に感じたのかもしれない。

当時はちょうどiPhoneが発売されてすぐくらいの時期だったから、まだ誰もスマホを持っていなかった。ケータイでネット検索することもできたけれど、私たちはなんとなく部屋を抜け出して、旅館の一階ロビーに備え付けられていたパソコンで『おくのほそ道』の旅について調べた。

日光《にっこう》、白河《しらかわ》、松島《まつしま》、平泉《ひらいずみ》、出羽三山《でわさんざん》、出雲崎《いずもざき》、金沢《かなざわ》。

高校生にとっては、地味に感じられる観光地が並んでいた。車がないと、たどり着くことすら難しい場所も多いらしい。

それでも、けっしてうまくはないなりに俳句をやっていた私たちにとって、それらの土地はどこか慕わしさを感じる場所だった。

――行ってみたいよねー。

――時間もお金もめっちゃかかるんじゃない？

――今じゃなくてもさ、大人になってからでいいよ。

私たちは旅館の人たちからもう少し静かにしてほしいと苦言を呈されながらも、その日は夜遅くまで、『おくのほそ道』にゆかりのある土地の観光サイトを順番にめぐっていた。

そのときの様子が、まるで映画でも見ているかのように、妙にはっきりとしたイメージとして私の脳裏に浮かび上がってきた。

パソコンのマウスを握っている空。

それを覗き込んでいる、三人の女の子。

その後ろ、少し離れたところから見ている私。

だから私は、あの頃の自分たちを懐かしむような気持ちで空にメッセージを送った。

——そういえばさ。高校生のとき、『おくのほそ道』の旅に行きたいって話してたよね。

——おお、懐かしい！ そうそう、道後温泉の旅館。美穂ってあのときから学級委員体質だったから、旅館の人と一緒に私ら怒られた気がする。

——そんなことないよ。一緒にパソコンの画面見てたじゃない。

——あれ、そうだっけ？

——うん。

——そっかあ……もうあれから、十四年くらいかあ。

そう、十四年も経ったのだ。自分の中ではほとんど変わっていないつもりだけれど、やっぱり他の人から見れば、見た目だって変わっているだろう。大学を出て、お金を稼げるようになって、あの頃よりは自由に動くことができるようになった。活動範囲も広がった。けれどもそれだけ、周囲のいろいろなしがらみにも縛られるようになった。

高校生のときに想像していた私と、今の私。だいぶ違っている。でも——

——今なら『おくのほそ道』、行けるんじゃない？

あの日、あのとき、ずっと先の未来だと思っていた言葉。それが不意に頭に浮かんできて、私は後先を考えることもなくそのまま文字にして打ち込んでいた。

私と空のやりとりが、止まった。

空はなかなか返事を書き込んでくれなかった。

五分……十分……二十分。

他の人とやりとりしているときであれば、これくらいの間はよくある。けれどもこのときばかりは、待っている時間が異様なほど長く感じられた。

十四年ぶりにＳＮＳで再会して突拍子もない誘いをするなんて、さすがに迷惑だっただろうか。少し反省をして、

——ごめん、気にしないで。お互い仕事も忙しいだろうし、難しいよね。

と、本文を打って、送信しようとした瞬間だった。

——行こうか。

たった一言、短い返信があった。

基本はスケジュールを土日に組む。土曜日の午前中に私が吹奏楽部の面倒を見なくてはいけない日に当たった場合には、現地に向かうのはその日のお昼。終わりしだいすぐ

に車に飛び乗って、大垣駅から名古屋に出る。そこから新幹線や飛行機で現地に向かって、仙台からやってくる空と落ちあう。部活動がない週末なら、前日の金曜夜から移動することもできるかもしれない。

土曜に集合。翌日の日曜日は『おくのほそ道』ゆかりの土地をめぐって、夜に解散。月曜が祝日で、私の仕事がなかったら、もう一泊。何回かに分けて少しずつ芭蕉たちの足跡をたどる。

週末は、おくのほそ道。

私が提案したそんな強行スケジュールを、空は受け入れてくれた。

*

そんなやりとりを経て、旅の初日となるこの日。私たちは『おくのほそ道』のスタート地点である深川にいた。出発の直前まで、江戸で芭蕉が住んでいた場所だ。

「ねえ、旅の最初だし、やっぱりここで一句、詠まないとダメかな?」

芭蕉庵跡と書かれた石碑の前にある蛙の石像を見下ろしながら、呟くように、穏やかな声で空が言った。この石の蛙が、芭蕉が愛好していたものだとも伝えられているそうだ。実際に芭蕉が旅立つ前に住んでいた庵の正確な場所はわかっていない。それで、この蛙が出土した場所を、とりあえず芭蕉庵の跡地としているのだという。すぐ隣には小さな祠《ほこら》があって、稲荷神社になっている。『おくのほそ道』の冒頭に書かれているとおり、芭蕉は旅立ちの前に芭蕉庵を引き払って弟子の杉山杉風《すぎやまさんぷう》の別荘である採荼庵《さいとあん》に移り、そこから出発することになる。

ネット上のガイドで見たとおり、ここに何かがあるわけではない。むしろ、隅田川沿いに作られた句碑や芭蕉記念館のほうが、見どころが多いそうだ。

伊賀国《いがのくに》で、武士の末裔である松尾家に次男として生まれた松尾芭蕉は、十九歳のときに『源氏《げんじ》物語』の注釈書で知られている北村季吟《きたむらきぎん》のもとで俳諧を学ぶようになる。三十歳くらいのときに江戸に下り、はじめは桃青《とうせい》を名乗って俳諧の点者をしていた。点者とは、他の人が詠んだ句の優劣を判定し、その報酬で生活をしていた職業俳諧師のことだ。江戸時代はこれがけっこうなお金になったという。

けれども八年ほど経ったときに突然この深川の地に家を移し、隠棲するようになった。その理由はわかっていない。それ以降、弟子たちの支援を受けながら、何度も旅に出た。伊賀・大和・吉野をめぐった『野ざらし紀行』の旅、茨城にある鹿島詣の旅、東海道を名古屋のほうに抜けて伊勢から奈良、須磨、明石を経て京都に向かった『笈《おい》の小文《こぶみ》』の旅、江戸に戻る『更科《さらしな》紀行』の旅。そうして旅に生きる中で、後に「蕉風」と呼ばれるようになった自身の句風を確立していく。

平安時代から鎌倉時代にかけて活躍した歌人・西行《さいぎょう》の五百年忌に当たる元禄二年、一六八九年に、芭蕉と特に親しかった弟子の曾良とともにはじまった『おくのほそ道』の旅。その旅は、芭蕉にとっていちばん大きなものとなった。

古人《こじん》も多く旅に死せるあり。

『おくのほそ道』の序文に記された「古人」には、芭蕉が憧れていた西行も、その一人として含まれている。

もちろん、ひたすら徒歩で行くしかなかった当時の旅と、新幹線や飛行機でお手軽に目的地に移動できる現代の旅とでは、まったく事情が違っている。あえて言うなら、新型のウィルス性感染症が広がったために、ここ数年は旅に出ることができなかったくらいだろうか。

それでも、これは私たちにとっての、『おくのほそ道』の旅なのだ。だから空は、俳句の一つくらい詠んだほうが良いと思ったのだろう。

「うーん……どうだろう。SNSのつぶやきって、江戸時代でいう俳句みたいなものじゃない？　だから、写真とか投稿すればいいんじゃないかな」

私の言葉に、空は乾いた笑い声をあげた。

「国語教師として、その発言はいいの？」

「芭蕉以前の俳諧は、あくまで遊びとしての芸だから。あながち間違ってないとは思うんだけど」

「どういうこと？」

空が興味津々な様子でこちらに目を向けてきたので、私は、芭蕉の俳諧——蕉風俳諧ができる前の俳諧について説明をした。

江戸時代前期の「俳諧」は、いわば「連歌」のパロディだった。

一句目に五・七・五を詠む。これが発句《ほっく》。

ここには手紙の冒頭で時候の挨拶を書くように、季節を示す言葉を入れ、終止形や体言止め、もしくは「や」「よ」「かな」といった「切れ字」を入れて、ここでいったん句を切らなければならない。だから、挨拶句とも言う。

二句目は脇句といって、七・七を詠んで一句目と合わせて五・七・五・七・七になる和歌を作る。発句と同じ季にして、挨拶に応えるようにして詠むのだという。

三句目はまた五・七・五。これは二句目と合わせて、五・七・五・七・七の和歌にする。四句目は七・七を詠んで、三句目の五・七・五につなげる。これを、延々と繰り返していく。

たとえば連歌の「百韻《ひゃくいん》」という形式では、本当に丸一日かけて、百句目の挙句《あげく》までつないでいく。これが、「挙句の果て」という言葉の語源らしい。

けれども連歌の場合はあくまで和歌なので、使う言葉は歌語と呼ばれる言葉が基本になる。それに対して俳諧は、漢語や俗語を使うことも許されているし、駄洒落や言葉遊びも入れて、楽しく続けていく。結果的に、現代の高校生が詠む句によく見られるような表現になることも少なくない。

そして、俳諧の発句だけを詠んで鑑賞するものが、明治時代になって俳句と呼ばれるようになった。だから現代の俳句は、基本的に季語と切れ字が入っていなくてはいけないことになっている。

ちなみに川柳《せんりゅう》とは、もともと俳諧の二句目以降を単独で詠むものだった。

現代では五・七・五のものが多いけれど、本来は五・七・五でも七・七でもどちらでも良いことになる。むしろ、五・七・五もしくは七・七で作られた何らかのお題があって、それに続く句を付けるのが、本来の川柳の姿。けっして現代の川柳のように、社会風刺などである必要はない。お題とセットになる七・七もしくは五・七・五の句とのつながりのおもしろさで勝負をするジャンルだった。

「芭蕉の俳諧がそれまでのものと違って芸術性の高いものだっていうのは、芭蕉が亡くなってから、弟子たちが後付けで作った部分が大きいんだよね。少なくとも『おくのほそ道』にだって、けっこう遊びの要素は入ってるし」

ひととおりの説明を終えて私がそう言うと、

「おおっ……国語の先生だ！」と、空が大げさに驚いてみせた。

「いやこれ、大学生のときに習ったなあって」

「へえ……そうなんだ。美穂って、東京の大学行ってから、地元に戻ったんだよね。やっぱ頭いいんだなあ」

空はぼんやりと言いながら、周囲をぐるりと見渡した。

草の戸も住み替はる代ぞ雛《ひな》の家

「雛」という季語があるから、芭蕉がこの旅立ちの句を詠んだのは旧暦の三月。

今はもう、九月も半ばだ。

夏休みに見上げたときよりもだいぶ青さの薄くなった空が広がり、うろこ状の雲が浮かんでいる。気温はまだ三十度近くまで上がるので、ずっと外にいると汗ばんでくる。それでも、八月のうだるような暑さの盛りは、だいぶ前に過ぎ去ったように思える。

私が上空を見上げると、

「旅立ちや友と見上げる鱗雲」

不意に空が、呟いた。

私は驚いて目を見開き、彼女のほうを見る。

「うわー、ダメだ。高校生のときもうまくはなかったけど、それ以上に衰えてる」

空は「なしっ！　やっぱり、今のなし！」と、笑いながら歩き出した。私は慌てて、彼女のあとを追う。

「えーっ、悪くないと思うけど」それは私の、率直な感想だった。

「そうかなあ……」

「だって、私は空みたいにすぐ出てこないもの」

高校生の頃の私は十分、二十分とうんうん唸って、なんとか一句を捻り出すタイプ。それに対して空は、その場の雰囲気を酌み取って、さらりと句を詠み出すタイプ。

大学生だったときに日本文学で俳句を勉強した今の私なら、空の詠み方のほうが正解だったことがわかる。俳句では、もちろん推敲をして句をより良くしていくことは重要なのだけれど、まずは目の前にある光景やそこから生じた感興を、さらりと写し取って詠むセンスを磨く必要がある。

ぼんやりと上空を眺めてみた。私には、空みたいにすぐには句が浮かばない。

だから、スマホで深川の雲の写真を撮って、それをＳＮＳに投稿する。これが私の旅立ちの句の代わりだ。

「そういえばさ……」と、空がふと、こちらを振り返って口を開いた。

「どうした？」

「美穂がSNSやってるのって、ちょっと意外だった」

「えっ？」

「あんまりそういうのに手を出すタイプじゃないと思ってたから」

いったいどうして始めたのだったか。記憶をたどると、教員仲間に、飲み会の連絡をSNSでやるから、入ってほしいと言われたのがきっかけだった気がする。けれどもこの数年感染症が流行した状況下では、国語の授業についての情報交換をすることがいちばんの目的になった。特に感染症が広がり始めてすぐの時期にオンライン授業をしていたときは、このSNSのおかげでなんとか続けられたと言っても過言ではない。いつもより三倍以上も授業の準備に時間がかかって、毎日のように夜中まで仕事をしている中、SNSでつながった先生たちも同じ状態だとわかったことがすごく励みになった。教員はオンライン授業で楽をしているというニュースがテレビやネットで何の根拠もなく流される中、そうしたニュースとは真逆の自分たちの状況について、会ったこともない同業者と愚痴を言い合うことが、心の支えの一つになっていた気がする。今ではマスクや手洗いなどに注意をしていれば、少人数の旅行くらいならできるような環境になってきた。それでも、一度できた同業者とのつながりは続いている。

それから、仕事で頭がパンパンになったとき。他の人が投稿しているのをだらだらと眺めていると、なんだか気が休まるような錯覚がある。本当はむしろ脳を疲労させるらしいのだけれど、同じ理由でSNSをやっている教員仲間は案外多い。

「知り合いと、いちばん連絡が取りやすかったんだよね。だから、入ってほしいって言われて」

私は、合っているような少し違っているような、曖昧な返事をした。

「へえ……そうなんだ」

「空がやってるのも、ちょっとびっくりしたよ。こういうのって、あんまりやらないタイプだと思ってたから」

「そうかな……」

「何かきっかけでもあった？」

何げなく口にした質問の言葉に、空は、どういうわけか立ち止まった。

私は彼女の背中にぶつかりそうになって、「あっ、ゴメン」と、小さな声をあげる。

今度は、上空を見上げたのは、空のほうだった。

じっと彼女のことをみつめていると、やがてふっと、街の喧噪が聞こえなくなる。

車の音。店から流れてくる音楽。周りを歩く人たちが話す声。

それらがすうっと消えていき、私と空のいる半径一メートル半ほどの空間が、まるでそこだけ周囲から切り離された場所であるかのように感じられる。

　空が持っている、独特の空気感。

　周囲の人たちに流されず、自分のやりたいこと、気の向いたことに、気が付くと手を伸ばしている。空にはときどき、こういうことがある。

　空はただ一言、ぽつりと口に出した。

「……好きな人とつながれるから」

「ああ、たしかにそうよね」

　私はぼんやりと返事をした。

　SNSをやっていると、色々な人たちとつながることができる。学校を卒業してから会わなくなった同級生。遠い世界に住んでいる人たち。芸能人をフォローしていると、ときどきその人から反応があって驚くこともある。

　だから空の言葉は、けっしておかしなものではなかったはずだ。

　それなのにどういうわけか、そのときの空の声は、微かに震えているような気がした。

「行こうか。あんまり遅くなると、帰れなくなっちゃうしね」

　空が一転して明るい表情を浮かべた。さっきの声は気のせいなのだと錯覚するくらい、からりとした笑いだった。

2　瘦骨《そうこつ》の肩

放課後になると校舎のあちらこちらから、部活をしている生徒たちの声や音が響いてくるようになる。

野球部員が金属バットでボールを打ち返す音。

サッカー部員たちが指示を出す声。

バレーボール部の女の子たちが、ランニングをするときのかけ声。

その音や声に交ざって、吹奏楽部の部員たちがパート練習をする音が聞こえてくる。

私は職員室で授業中に生徒にやらせた漢字テストの採点をしながら、ときどきその音に耳を澄ます。そして、今日もまた少し音が狂っていたり、ぶれていたり、共鳴しあっていないことに気が付く。

チューニングがしっかりできていない。それに、あまり真面目に練習していないために管楽器を演奏するのに必要な筋肉が身に付いていないから、吐く息を一定にすることができていないのだ。

楽器経験といえば、小学生だったときに習っていたピアノくらいしかなかった。それでもこの学校に転勤になって吹奏楽部の顧問になるように言われてから、自分なりに勉強をしたり近隣の学校で吹奏楽部の顧問をしている先生に聞いたりして、これくらいならわかるようになった。

「やっぱり、もう少しちゃんと指導できるようにしないとダメですかね……」

私は隣の席でパソコンのキーボードをずっと叩いている梶山《かじやま》先生のほうを向いて、苦笑いを浮かべた。

「何をですか？」

五歳年下の女性英語教師は、声だけを私のほうに向けた。

「いえ、吹奏楽部ですよ」

「ああ……」

梶山先生はようやく手を止めて、職員室の天井をみつめる。そして、

「吹奏楽部は、もともとやる気のない生徒が多いですからね。そういう生徒たちにどんなに熱心に指導をしても、響かないですよ」と、ぼそりと声に出して、また自分の作業に戻っていった。

生徒たちがやる気を出すように指導するのも、教師の仕事なのではないだろうか。そんな思いも頭を掠《かす》める。

こんなふうに発言をする彼女も、この学校に着任したばかりの頃はやる気に満ちていたのだ。毎日いちばん遅くまで残って授業の準備をしていたし、部活でもずっと生徒たちに張り付いて面倒を見ていた。

そんな彼女が、放課後になっても部活に顔を出すこともなく淡々と自分の仕事をこなして、定時になったらさっさと退勤するようになるまで、一年とかからなかった。

無理もないよなあ……と、手元に積まれている漢字テストを見て、私は小さく息を吐いた。

二十点満点の小テストだ。

生徒たちに買わせているテキストから、毎回、問題の順番も変えずにそのまま出題している。授業前の休み時間に少し確認してくれれば、ほぼ満点に近い点数を取ることができる。

……それなのに、三点、五点、二点という、目を疑うような点数が続いている。授業前に生徒どうしではしゃいでいて、わずかな時間の確認すらもしていないのだろう。勉強するという行為に、なかなか意識が向かない。

勤め先の県立木戸《きど》高校は、大学に進学する生徒が三分の一くらいしかいない。今は指定校推薦を出している大学が多いから、これくらいの進学率だと、成績順に生徒を宛がっていけばそれだけでほぼ全員の進学先が決まってしまう。

こういう学校では、勉強に対するモチベーションを上げるのがなかなか難しい。新卒採用で、大学を卒業してすぐこの学校にやってきた梶山先生は、着任のときの挨拶で、学習指導をがんばって生徒たちに学力を身に付けさせたいと宣言した。そんな彼女にとって、この学校の雰囲気は、理想としていた高校教員生活とあまりにかけ離れていたのだろう。

私だって……と、思いかけたところで、反省をする。

生徒たちの学習ができていないのを、生徒や学校の雰囲気のせいにしてはいけない。勉強をしないのは、教員の指導力に問題があるということでもある。

それでも、熱心な部活に入っている生徒はまだ良い。

たとえ授業中は死んだ魚のような目をしていても、放課後になったとたん、別人のように明るくなって外や体育館に出ていく。そういう生徒は高卒でも就職できたり、自分の目標を作って、手に職をつけるために専門学校を選んで進学したりすることもある。

だから私は、せめて顧問をしている吹奏楽部の生徒たちには部活でがんばってもらいたいと思っている。こうしてパート練習をしているとき以外は、できるだけ部員たちの活動に張り付くようにしている。

……けれども、素人が指導をしたところで、結果がついてくるはずもなかった。

「失礼します。松尾先生、そろそろお願いします！」

職員室の出入口から、吹奏楽部部長の川原沙保里《かわはらさおり》の声が響いてきた。

もうそんな時間だったのかと、私は時計を見てようやく気が付いた。まだ終わっていない事務仕事が、机の上に折り重なっている。

そこに一瞬目を向けて、後ろ髪を引かれる思いに駆られながらも、私は急いで音楽室に向かった。


大垣駅から車で南に五分ほどのところにある自宅に戻ったときには、午後十時を過ぎていた。同居人は出かけているらしい。どこかに行ってしまったのだろうか。あるいは、大学の研究室に泊まり込んででもいるのだろうか。

私は大きく息を吐きながら、そのまま倒れ込むようにベッドに横たわった。

部活が終わるのが、午後六時四十五分。そこから後片付けの指導をして、ようやく自分の仕事ができるようになる。

最近は学校の教員も労働時間にうるさくなってきているので、八時には帰らないと校長や教頭から睨まれる。それはわかっているけれど、仕事が終わらないのだから残業するより他に仕方がない。

胃がキリキリと痛んだ。

空腹感があるときは、だいたいこうなる。胸の奥から酸っぱいものがこみあげてくる。胃の中に何も入っていないのに、胃酸だけが出ている状態だ。息に生臭いようなにおいが混ざっている。胃が少し荒れているのかもしれない。

何か食べなきゃ……と、思いつつ、体が動かなかった。

朝、出がけにシャワーを浴びるよりは、きちんと湯船に浸かってから寝たほうが眠りも深くなる。

頭ではわかっているのだ。

このまま眠ってしまったら、きっと明日の起きがけに体がバキバキになっている。服もシワだらけになって、後悔することが目に見えている。

それなのに、私の体は眠りの誘惑に抗えなかった。しだいに意識が遠のいていく。

ブーンブーンと低い音がして、数分もしないうちに私は目を覚ました。

翌朝のあらゆる後悔から私を救ったのは、男物の服が山積みになった脇に放置したまま、バイブレーションに設定されていたスマートフォンだった。

私は眉間に皺を寄せながら寝返りを打った。仰向けの姿勢で、画面を起動させる。

――今度は日光で良いよね？

送り主は、空だった。その一文を見た瞬間、さっき自分が不愉快さを感じたことが、なんだかひどく申し訳ないことをしたように思えた。

空も仕事を終えて、この時間に帰ってきたのだろうか。毎日が忙しさに追われている女たちの二人旅。そう思うと、急に、空に対して親近感が湧き上がってくる。同年代とこういうやりとりをするのは、本当に久しぶりなのだ。深川で食事をしながら聞いたところによると、空は今、飲食関係の仕事をしているらしい。それなら、土日に『おくのほそ道』の旅に出るのは難しいのではないだろうか。素朴な疑問を向けてみたところ、

——うちは学生のバイトさんが多いから。土日はそれでお店が十分に回るんだよね。

と、返事があった。

フロアとキッチンの仲が良くないとか、シフトを組むのが大変だとか、エリアマネージャーが口うるさいだとか空は言っていた。飲食店で社員として働いていて、店舗を任されてでもいるのだろう。三年生の就職指導でときどき同じ業界の人から話を聞くところによると、店によってはかなり忙しいそうだ。それでも、土日が休みだというのなら、申し訳なさを抱かずに空を誘うことができる。それで、

——待ち合わせは東武日光の駅前でいい？　場所わかる？

と、打ち込んで送信した。

——うん、大丈夫。今は、地図のアプリも便利になったしね。

——泊まるのは、金谷《かなや》ホテルでいい？

せっかくならと思い、私はそう提案した。

――なに、それ？

――文化財になってる、日本で最古のリゾートホテル。

私はスマートフォンで金谷ホテルのサイトを開き、アドレスのリンクを空に送った。

しばらくして、

――うわ、すっごい豪華。そして高そう！

空から絵文字の付いたメッセージが届いた。かなりびっくりしているらしい。

――でも、安い部屋なら、日によっては二人で三万円切ったりするよ？　イザベラ・バード、アルベルト・アインシュタイン、ヘレン・ケラー、インディラ・ガンジーが泊まったホテルって、ちょっと行ってみたくない？

――あー。美穂って、昔からそういうの好きだったよね。

文字のメッセージ越しにも、空が遠慮がちに笑っている様子が伝わってきた。

そういえば、俳句甲子園のために道後温泉に行ったときも、夏目漱石《なつめそうせき》が入ったという理由で、私はどうしても道後温泉本館のお風呂に入りたいと主張していた。

けれども、本館は建物が古く、周りにはもっときれいなお風呂も多い。だから他の三人は嫌がって、結局、空と私だけで本館に入ることになった。

――まあ、いいや。そういうのは、美穂のほうが詳しいから。任せた。

――りょうかーい。

最後にスタンプを送って、空とのやりとりを終える。

ふだんはSNSのスタンプなんて、使ったことがなかったのだ。それが、空とやりとりするようになって、気が付くと次々に買っていくようになった。最近は、韓国の男の子アイドルがデザインしたという、アルパカのキャラクターが気に入っている。

女子高生かよ！

自分自身に内心でツッコミを入れた。なんだか急に自分を客観視する自分が立ち上がってきて、ニヤニヤしながらメッセージを送っていることが恥ずかしく思えた。

SNSでスタンプを使うというのは、別に恥ずかしいことでも何でもない。むしろ気軽に使っているほうが多数派だろう。

それなのに羞恥心を覚えたのは、きっと私のキャラじゃないからだ。

教師という仕事は、案外イメージ勝負なところがある。生徒に見られるときの自分を作っていく。

優しい女神のような先生。生徒指導の校則に厳しい先生。生徒と友だちのように仲良くなる先生。我が道を行くおじいちゃん先生。

実は転勤になって職場が変わると、別のキャラクターに変えたりする教員もいる。そうやって学校の中で教員ごとにキャラクターを分担していくことで、それぞれが生徒との関係を少しずつ変えていく。いろいろな生徒がいる学校という空間の中で、あらゆる生徒が誰かしらの教員と関係やつながりを持つことができる状態を作っていく。誰かに言われてそうしているわけではない。こうしてキャラ付けをしていくことは、いわば教師という職業での基本的な立ち居振る舞いなのかもしれない。

だから、今の高校生や大学生が教室の中でキャラを演じて自分の居場所を作っていくという雰囲気は、私たちもよくわかる。

もしかすると学校という空間そのものが、そういう場所なのかもしれない。こういうキャラを演じることができない生徒たちが、学校という場所では自分のポジションを確保するのが難しくなる。

そして私はというと、堅物で、真面目で、融通の利かないキャラ。

教師になって八年半、最初の赴任先でも、四年目に今の職場に移ってきてからも、ずっとこのキャラを通している。

演じやすい、からだろうか。高校生だったときも、大学生だったときも同じキャラだったので、それを通しているだけとも言える。

けれども、こうして部屋に一人でいるときの私はというと、けっしてそんなキャラじゃないはずなのだ。

落語も好きだけれど、お笑い番組を見てゲラゲラ笑うこともある。本当はまだやらなきゃいけないことがたくさんあるのに、こうしてベッドの上でゴロゴロしている。洗濯機の前には洗わないまま積んでいった服が山盛り。あそこにある赤い派手なショーツなんて、たしか穿いてたのは五日くらい前だ。セットになるはずのブラがないあたり、私がどういう生活をしているのかがうかがわれる。

ベッドを離れると授業の資料に使う本があちらこちらに散らばっている。少なくとも、教室をきれいに掃除しなさいなんて、生徒たちにエラそうに言えたものではない。

それでも、生徒には言う。きちんと整理整頓をするように指導をする。

だって、そうして真面目な人間を演じることが仕事だからだ。

けれども……ときどき思う。本当の私は、いったいどっちなんだろう。

いつも堅物の教師を演じていると、いつの間にか、プライベートにもそのキャラが侵入してきてしまう。

そのとき、不意にまた、スマートフォンがブーンと振動音を立てた。

――東武日光に着くの、遅れたらごめんね。ちょっと、寄り道していくかも。

そのメッセージを見て、空らしいな……と、思った。

高校生だったときから、空はときどき、一緒にいたはずなのにふと気が付くとどこかへ行ってしまっているということがあった。

私たち文芸部員はその瞬間、慌てて空を目で追っている。すると、少しだけ離れたところで、空はニコニコと笑っていたりする。そういうときは、まるで空にこの世ならざる者が乗り移ったかのような、もしくはかわいらしい動物か何かが空という人間に化けているのではないかと思えるような、不思議な感覚になる。

それでも、こうしてちゃんとあらかじめメッセージを送ってくれるようになったあたりは、空も少し大人になったのだろうか。

——わかった。遅れるようなら、しばらく時間つぶしとくよ。

幸い、東武日光の周辺には、カフェやスイーツの店もそれなりにありそうだった。私はどこか心を弾ませながらスマートフォンの画面を閉じた。


担任をしている生徒の保護者から苦情が入っている。

そんな知らせを受けたのは、木曜の放課後のことだった。

部活を終えて職員室に戻ったところ、教頭がまだ帰らずに残っていた。ピリピリした様子で腕を組み、左手の人さし指で頻《しき》りに右の二の腕を叩いている。電話対応をしていたらしい。

聞けば、明日の放課後、その保護者が面談にやってくるという。

すぐに電話を掛けて詳しく訊ねようとしたけれど、それは教頭に止められた。今から掛け直したらまた話が長くなり、ぜったいに午後八時を過ぎてしまう。教員の勤務時間が遅くなると教育委員会から文句を言われるから、それは勘弁してほしいという。

八年半とはいえ、高校教諭としてそれなりにいろいろな経験をしてきた。私の感覚では、こういうときは翌日まで待つよりも、すぐに先方に連絡を取り直したほうが事を荒立てずに済むことが多い。教頭は、保身しか考えていないのだろう。それでも、

「遅くに電話するのは迷惑だし、詳しくは明日の面談で話すと言っているので……」と、疲弊した様子で話す教頭を見ていると、なんだか哀れみにも似た感情も湧き上がってくる。仕方なく、この日はひとまず教頭の顔を立てておくことにした。

連絡を取らなかったおかげで、モヤモヤした気持ちだけが残った。そのせいで、私はずっと気が気でない状態で過ごすことになった。

次の日。授業と清掃指導を終えると、私は生徒たちと会話をすることもなくまっすぐ職員室に戻った。

保護者が苦情を言ってきた生徒とホームルームでやりとりして、何があったのか聞いておけば良かったのか、とも思う。

いつもであれば当然のこととして行っている判断が、できなかった。苦情がきたと聞かされて、私もそれなりに動揺していたのかもしれない。

職員室に戻ると、梶山先生がぐうっと背筋を伸ばして私のほうを見た。そのまま席を

立って、デスクとデスクとのあいだを縫うようにして駆け寄ってくる。

「高岡《たかおか》さんのお母さま、もういらっしゃっていますよ。応接室でお待ちです」

梶山先生は、周囲の目を盗むように左右に視線を送ってから、小声で声を掛けてきた。

こういう仕草をされると、なんだか私が悪いことをしているような気分になる。

「あっ、はい。ありがとうございます」

私は早口に返事をして手にしていた出席簿や授業のプリントを自分のデスクに放り投げ、まとめてあった資料を片手に応接室に向かった。

「申し訳ございません。遅くなりました」

頭を下げながら部屋に入ると、電話を掛けてきた高岡という生徒の母親、校長、教頭、学年主任の視線がいっせいに私に集まる。ピリピリした雰囲気が漂っている。四人が囲んでいるガラス製のテーブルには、学年主任が一昨日印刷して生徒たちに配った『二年生　学年・進路だより』が置かれていた。

なるほど、これが導火線になったのか。

神妙な顔をしながらテーブルの上に視線を送り、頭を下げつつ末席に座る。

「では、揃いましたので……まずは高岡様から、詳しくお話をお聞かせ頂きたいのですが」

学年主任は、しどろもどろに声を出した。口が回っていないので、何を言っているのかよくわからない。

その様子にさらに苛立ちを募らせたらしく、高岡さんは声を荒らげた。

「どういうことですか、これは！」

高岡さんが示したのは、『学年・進路だより』の左下に書かれていた記事だった。

――先日、二年生に校内の大学推薦基準をお伝えしました。担任の先生からもお話があったと思いますが、指定校推薦、公募制推薦ともに、本校から推薦を受けて進学をするためには、大学や専門学校が出している推薦の基準だけでなく、本校の推薦基準を満たさなければなりません。

学年主任が書いた文章に続いて、通知表の評定平均三・五以上、遅刻・欠席三年間で十日以内といった基準が、表にまとめられている。

逆鱗に触れたのは、次の一文らしい。

――部活動の成績やボランティアの活動履歴も校内推薦の重要な基準になりますので、これらの活動には積極的に参加するようにしてください。

目の前で怒りの眼差しを向けてくる女性の娘、高岡杏奈《あんな》は、私が担任をしている二年二組の生徒で、吹奏楽部員だ。パートはトロンボーン。

中学生のときは陸上部だったらしいけれど、高校では練習がキツくてついていけないということで、一年生の五月に吹奏楽部に移ってきた。もともとの楽器経験はなく、今でもけっしてうまくはない。けれども、うちのように部員が少ない学校では、コンクールに出る人員を確保するために、こういう生徒もメンバーに入ってもらうことになる。

高岡さんは、叫んだ。

「部活の成績が推薦に関係するなんて知っていたら、弱小の吹奏楽部なんかに入れさせなかったんですよ！　どうしてくれるんですか！」

学年主任が「まあまあ……どうか、落ち着いてください」と、宥《なだ》めようとすればするほど、高岡さんの声は高まっていく。

「だいたい、素人の国語教師なんかが吹奏楽部の顧問をしていることがおかしいんです！　他の学校はどこも、音楽の先生がしているじゃないですか。こんな顧問、いらないんです。今すぐ替えるか、ちゃんと指導できる人を呼んでください」

怒りの鉾先《ほこさき》は、罵倒となって私に向けられた。

言いたいことは、たくさんあった。

この学校の音楽教師である水橋《みずはし》先生は、声楽が専門だ。だから吹奏楽部ではなく合唱部の顧問を希望して、そこに落ち着いている。

楽器について素人の私が顧問をするのだったらせめて外部から講師を呼びたいのだけれど、うちのような小さな県立学校には、そんな予算はどこにもない。

それに、もともと高岡杏奈が中学生の頃からやっていて入ろうとしていた陸上部は、体育教師の北山《きたやま》先生がつきっきりで指導している。陸上は個人競技だから、自分に合った競技をみつけて練習を積んでいけば、県大会くらいまでならそれなりの成績を残している生徒が多い。それを練習が厳しくて嫌だという理由でやめてきたのは、高岡杏奈自身だった。私がたまたま一年のときも担任をしていて、相談に乗っているうち、気が付けば彼女は入部届を提出していた。

私としては、やれることはきちんとやっている。

もちろん、十分な指導ができていないことは認めるしかない。それでも自分でできる限りのことはしているじゃないか。

毎日最後まで練習に付き合っている。土曜日や日曜日に面倒を見ても教員の仕事には残業代がつかないから、もらえる額は部活手当の一日たった三千円。時給に換算すると、高校生のアルバイトより安い。それでも文句を言わずに働いているじゃないか。

そんなこちらの事情を話したところで、保護者が納得してくれるはずもなかった。

「部活の成績というのはたしかに加点されることもありますが、部長や副部長などの役職に就いたり、ボランティア活動で置き換えたりもできますから」

学年主任が言えば言うほど、

「だったら、入学したときにそう説明するべきだったでしょう！」と、高岡さんはヒートアップしていく。

いや、入学説明会のときにきちんと同じ内容を話しましたから……。

私は内心で呟いた。そんなことを言っても、おそらく通じないのだろう。

結局二時間にもわたって高岡さんからの罵倒を受け続け、そのあいだじっと黙って耐えることになった。

こんなことをやるために、高校教員になったわけではない。

そんな思いも頭を掠める。

……でも、それならどうして自分は、教師になりたかったのだろう。

私は高岡さんから浴びせられる声をほとんど聞き流し、そんなことをずっとぼんやり考えていた。

3　日光

日光は、蕎麦と湯波《ゆば》が美味しい地域として知られている。京都では湯葉と書くけれど、この辺りでは「波」の字を使うらしい。お店は日光の駅周辺にまとまっているわけではなく、JR日光線の下野大沢《しもつけおおさわ》駅や文挟《ふばさみ》駅、東武日光線の明神《みようじん》駅、大谷向《だいやむこう》駅といった、周辺の駅それぞれに散らばっている。

遠くの店まで行っている時間はなさそうだったので、東武日光駅の周りで探して、駅から十分ほど歩いた国道——九号線沿いにある魚要《うおよう》という店を選んだ。

「湯波そばだって！　両方食べられるじゃん！」

日光の駅でネットで調べていた空が、そう言ったのが決め手だった。

「元祖ゆばそば」という看板が掲げられた古いお店だ。外見に比して、お店の中は改装されているらしく清潔感がある。大きな丸太で作られたテーブルがちょっとかわいい。

湯波そばには温かいのと冷たいのがあった。日光の秋は少し肌寒い。それで、二人とも温かいほうを選んだ。

「湯波、でかっ！」

器が前に置かれた瞬間、空が目を見開いた。

ミルフィーユ状に何層にもなっている円形の重ね湯波が二つに、四角い湯波が二つ。蕎麦が平打ちになっているのが珍しい。

まずは、黒みがかっためんつゆを口に含むと、強めの出汁に独特のうま味がある。蕎麦は柔らかめのゆで加減。出汁を吸っているので、蕎麦の味が後からやってくる。

そして、湯波。四角い二つのうち、一つには高野豆腐が、もう一つにはキノコと山菜が包まれていた。おかげで湯波はそれぞれに味と食感が違っていて飽きない。個人的に気に入ったのは高野豆腐の湯波だ。京都の湯葉に比べてぷるぷると弾力のある湯波の奥に、つゆで飲むよりも出汁と醤油の味が凝縮された高野豆腐が隠されていて、それぞれが持つ本来の味を口全体ではっきりと感じられるのだ。

「これはもう少し寒くなってから、また食べに来たいかも」

耳に入ってきた空の声に、私は蕎麦を啜《すす》りながら何度も頷いた。

日光東照宮《とうしょうぐう》に向かう前の腹ごしらえとしては、大満足の食事だった。

「あれ……この猿って、こんな顔してたっけ?」

日光東照宮の神厩舎《しんきゅうしゃ》にある三猿《さんざる》――いわゆる、見ざる、言わざる、聞かざるの三体を見上げながら、空が呟いた。

空は中学生だったときの修学旅行が日光だったので、十五年ぶりにここを訪れたらしい。

私のほうはというと、実は日光に来るのは初めてだった。

東京の大学に通っていたとき、関東近郊に実家がある同級生たちの多くが、小学生のときの修学旅行で日光に行ったと話していたことに、軽いカルチャーショックを受けた記憶がある。小中高の修学旅行でどこに行くかというのは、地域や学校によってかなり違うらしい。

だから、三猿は社会科の資料集か何かで写真を見たことがあるだけだった。その写真の記憶と比べても、たしかに猿たちの顔が少しのっぺりしている気がする。その記憶をたどりながらスマートフォンで調べた私は、

「あーっ……なるほど。つい最近、直したんだって」と、漏らすように声を出した。

「えっ？」

「ほら、ここ。見てみて」

私が指で示した画面には、平成三十一年三月三十一日に、本殿、石の間、拝殿と陽明《ようめい》門の改修工事が終わったと書かれている。神厩舎にある三猿の修復はもう少し早く、平成二十九年には終わっていたそうだ。

修復前の画像と修復後の画像とを比較するウェブサイトもいくつかあった。どうも、修復後の猿の顔が変わってしまったということで批判されているらしい。

私はもう一度、屋根の近くにいる猿たちを見上げた。こういう情報を得てから改めて見てみると、改修前にどういう姿だったのかを見ておきたかったような気もする。同時に、中学生のときの修学旅行の記憶をいまだにはっきりと持っている空に対して、驚きの感情を抱いていた。

とはいえ、白や茶色、金、緑の色が鮮やかになった今の猿たちは、九月下旬の淡い秋の日差しを浴びて、きらきらと輝いているように見える。

卯月朔日《うづきついたち》、御山《おやま》に詣拝《けいはい》す。往昔《そのかみ》、この御山を「二荒山《ふたらさん》」と書きしを、空海大師《くうかいだいし》開基《かいき》の時、「日光」と改めたまふ。千歳未来《せんざいみらい》を悟りたまふにや、今この御光《みひかり》一天《いってん》にかかやきて、恩沢八荒にあふれ、四民安堵《あんど》の栖《すみか》穏やかなり。なほ憚《はばか》り多くて、筆をさし置きぬ。

『おくのほそ道』では、日光東照宮の姿は驚くほど何も語られていない。

もともとは二荒山と呼ばれていたものに、平安時代、空海が日光という名を与えた。そうした伝承について語ったあとで、空海には遥か未来を見通す力があったと賞賛する。というのも、東照宮ができた今では徳川家康の威光が日光という場所に満ちあふれており、あまりに恐れ多くて筆を置いてしまったというのだ。

　そんな話をしたところ、空は、

「あー、でもたしかに、芭蕉が言いたかったことってなんとなくわかるかも」

　ぽつりと言った。

「そうかな？」

私には、空が何を言いたいのかが、よくわからなかった。

そんな気持ちが、表情に出ていたのだろうか。

空はぼんやりと上空を見上げて考えてから、一つ一つの言葉を選ぶようにして口を開く。

「だってさ。本当に大切なことって、言葉にしてしまったら、その瞬間になんだか自分から離れていってしまいそうな気がするじゃない。まるで自分のものでなくなってしまうというか……もしかすると、他の人に持って行かれてしまうんじゃないか、みたいな」

空は昔からときどきこうして、妙に抽象的なことを不意に口にすることがある。

目の前にいるマウンテンパーカーにデニムのパンツを合わせた空が、高校一年生だったときの制服姿の空と、ぼんやりと重なって見えたような気がした。

「でも、すごいね。美穂は」

不意に意識の外側から、空の声が響いてきた。

「えっ、どうして⁉」

私が問い返すと、空は、陽明門がある北の方角に向かって足を踏み出しながら答える。

「だってさ、いろいろなこと知ってるじゃない。先生になって、すっごく勉強したんだろうな、って思って」

「いやいや、私なんてぜんぜん……」

世の中には、私よりずっとできる人なんていくらでもいるから。

愛想笑いを浮かべながら、内心でそう付け加えた。

「そうなの？　さっきだってスマホですぐに改修工事のことを調べてくれたじゃない。そういうのって、案外できないもんだよ」

「そうかな……」

「もっと自信持っていいって」

私がぼんやり返事をすると、空はスマートフォンを開きながら言った。どうやら、歩きながらいつものＳＮＳのアプリを立ち上げて、三猿の画像と合わせてさっきの私の話を投稿しているらしい。

しばらくして空は目を見開き、

「ねえ美穂先生！」と、いきなり大きな声を出した。

「どうしたの？」

急なことに、私は驚いて肩を震わせてしまう。

空はスマホの画面から顔をあげると、

「これから旅を一緒に続けていくんだからさ、その間、私に『おくのほそ道』のことをいろいろ教えてよ！」と言って、ぱあっと明るい顔をした。その表情に、今の空と高校生だったときの空とがふたたび重なって見える。

「別に……私が知っていることくらいで良ければ、構わないけど」

空の勢いに気圧されたまま、私は返事をした。

「やった！　ありがと！」

空がいきなり、私にドンとぶつかるようにして抱きついてくる。予期していなかったところに思った以上に強い力で来られたので、私は思わずよろけてしまう。

「あっ、大丈夫？」と、空は慌てたように、私の体から離れた。

「ごめんね、運動不足で」

取り繕うように笑みを作って、私は照れ隠しをする。こうして簡単にバランスを崩してしまうというのも、二十代半ばくらいまではあまりなかったことだ。

そうして私たちは、修学旅行で来ている高校生みたいにキャッキャと騒ぎながら、国宝になっている陽明門へと向かった。

思わず、息を呑んだ。

浮き立つように白く塗られた柱の上に、細かな彫刻が無数に施された屋根が載っている。黒地の部分は、木を保護するために塗られた漆らしい。金色で縁が塗られていて、木々の隙間から漏れ入ってくる陽光にきらきらと輝いている。

日暮《ひぐらし》門とも呼ばれているらしい。一日ずっと見ていても、飽きないという意味だ。

改修工事を終えて、ここも三猿と同じように江戸時代に創建された当初に近い姿になったのだという。

……ということは、元禄二年――一六八九年に松尾芭蕉が訪れたときも、今のような姿をしていたのだろうか。

そんなことを考えた瞬間、別に悲しいわけでもないのに、じわりと目に涙が浮かんできた。この頃、妙に涙もろくなっている。

「悪くないね、週末おくのほそ道」

私の隣で、空が言った。

私はぼんやりと口を開いたまま、

「……うん」と、漏らすように返事をして、しばらくのあいだ陽明門を眺めていた。


日光金谷ホテルの部屋に入った瞬間、私と空は感嘆の声を漏らした。

木材を基調にした部屋に、淡いピンク色のカバーが掛けられた小さめのベッドが二つ並んでいる。建物や設備はやや古めなのだけれど、掃除は行き届いていてとてもきれいだ。

窓から外を見ると木々が生い茂った庭があって、その向こうに山々が連なっている。もう少し遅い時期に来たら、きっと紅葉で彩られていたことだろう。

絨毯を敷いた部屋の中央にも小さなローテーブルと椅子があるのだけれど、私にとっては、窓の隣の壁沿いに作られたデスクがあることのほうがありがたかった。ここで、仕事をすることができる。

「……本気なの？」

呆れたように、空は言った。

「だって、テストの採点が終わらないんだもん……ゴメン！　ホテル周りの散策とかしてて良いから」

「ううん、そうねえ……お風呂行くなら待ってたほうがいいし」

日光金谷ホテル唯一の欠点は、温泉が引かれていないところだ。部屋の外にある予約制の貸し切り風呂を使うなら、同じ時間に二人で入ったほうが迷惑にならない。そう考えたら、少しタクシーを飛ばして鬼怒川のほうにあるもう一つの金谷ホテルに泊まるか、日帰り入浴を使うという手もあったかもしれない。

空はしばらくのあいだ、困った様子で頭をポリポリと掻いていた。

やがて部屋の中央のローテーブルに備え付けられていた椅子の一つを持ってくると、私のいるデスク用の椅子の隣に並べて置いた。

「よし、わかった。美穂がちゃんと仕事をしているか、私が見張っていてあげよう」

「……本気なの？」

今度は、困惑したのは私のほうだった。

もちろん、授業はいつも生徒に向けてやっているし、研究授業で同僚の教員に授業を見せることも年に一度くらいはある。けれども、自分が仕事をしているところをまじまじと見られるという機会は、入職してからまったくと言っていいほどなかったのだ。

デスクの上に、生徒から集めた小テストを積み上げる。緑色のペンを持って、マルとバツをつけていく。

「えっ、赤じゃないんだ⁉」

脇から覗き込んでいた空が、目を丸くした。

「赤は威圧感を生徒に与えるからね。私は緑を使ってる。生徒からの反応を書いてもらうときはこっちかな」

小テストを捲《めく》って、下のほうにあるプリントを空に見せる。生徒にいったん返却して、再提出されたものだ。こういう場合、生徒からの書き込みは紫で書いてもらうことになっている。

「今、そんなふうになってるんだ……」

「どうだろう。赤で採点する人が、日本ではまだ多数派だろうと思うんだけど、海外では、赤を避けるようになっているみたい」

「ていうか、テストって、外の人間に見せて良いの？　守秘義務……とか？」

「だったら見ないでよ！」

空に言われて、慌ててプリントを裏返した。言われてみればそうだ。

私があたふたしているのが、珍しかったのだろうか。空はごろんとベッドに転がって、おかしそうにケラケラ笑っている。

「ごめん、ごめん。私も今気付いた」

笑いが止まらないらしい。空は苦しそうに肩を上下させたかと思うと、唾液が気管支のほうに行ってしまったらしく、ゲホゲホと噎《む》せている。

「ちょっと、大丈夫？」

「うん、ありがとう。大丈夫、大丈夫」

ようやく落ち着いてきた空は、私の傍らに戻ってくることなく、ベッドの上で胡座《あぐら》を掻いた。そのまま、

「ねえねえ。美穂はどうして、先生になろうと思ったの？」と、まるで子どもみたいに、まっすぐに私の目を見て訊ねた。

「えっ……？」

思わず、聞き返す。

「だって、SNS見てると、ずっと仕事しているみたいだしさ。先生のお仕事、好きなんだろうなって思って」

空にまっすぐにみつめられて、私は答えに窮した。

私はどうして、教員になったんだろう。

頭にぱっと理由が思い浮かばなかった。

高校を卒業して文学部の日本文学科に進んだのは、俳句甲子園に出場したことがきっかけだった。入学してから、俳句の研究者というのは案外数が少ないことを知ったのだけれど、それでも、文章の読み進め方、解釈のやり方を勉強するのは楽しかった。大学は高校までの勉強とは違って、知識を身に付ける場所ではなく、物事について考えたり、考えるために調べものをしたりするやり方を身に付ける場所だということも知った。

知識は、何か新しい研究が出てきたら、すぐに変わってしまう。正確な知識なんて、そもそもそう簡単に存在するものではない。むしろ、自分の作った知識や自分の主張こそが正しいと考えているような人の意見こそが、疑うべきものであるということも理解することができた。

日本文学の専門科目に比べると、教職課程のほうは、なんとなく授業を取っていたように思う。

いちおうのきっかけはあった。

文学部での勉強を仕事に活かせるとしたら、教職、司書、学芸員くらいしかなかったからだ。それで、せめて手に職を付けようと思っていた。

そんなぼんやりとした状態で教職科目の授業にあった国語科教育法を受講しているうち、このまま教師になるのも悪くないかもしれないと思うようになった。なにより、一般企業——たとえば事務職員とか、営業とか、あるいは銀行、マスコミなんかで仕事をしている自分というのを、なかなかイメージすることができなかった。両親がサラリーマンではなく、実家で店をやっていたというのも大きかったのかもしれない。

どうしても学校の先生になりたかったのかというと、けっしてそんなことはない。本当は大学院に進学して、もう少し勉強したいという思いもあった。今でもときどき、その思いが急に蘇ってくることもある。でも——

そこまで考えて、私は頭を振って自分の思考を引き戻した。

入職したすぐあとは、教育学部出身で大学入学のときから先生になろうと思っていた人たちと出会って、自分との温度差に驚いたこともあった。それでも、教職に就いたからには、やらなくてはいけないこと、仕事として求められることは、自分なりに精一杯やってきたつもりだ。

ただ、他人から改めてどうして教員になりたかったのかと訊かれると、すぐには答えが出てこなかった。

「教員くらいしか、できそうな仕事がなかったからかなあ……」と、私はようやく、空から向けられた問いかけに、曖昧な返事をした。

「ふうん、そうなんだ」

空は、わかったような、わからないような様子でいる。

無理もないよなあ……と、私は思った。

空は気を取り直したように、

「でも、美穂に国語を教えてもらっている子どもたちって、ちょっとうらやましいな」

と、明るい声を出した。

「えっ？」

その言葉があまりに唐突で、意外だったので、私は思わず声をあげた。

「だって……美穂って『おくのほそ道』について話しているときとか、すっごく楽しそうじゃない。そういう先生の授業って、受けていて楽しいと思うんだ」

「そうかな……」

私は照れ臭くなって、下を向いてしまう。

まただ。空といると、彼女から発せられるふとした言葉で、知らない自分に気づかされることがある。

一方で、その言葉を素直に受け取れない自分もいた。

はたして私は、学校にいるとき、空の言うように楽しそうに授業をすることができていただろうか。

「いいなあ。私もほんと、高校に戻りたいよー」

空は心底うらやましそうに言って、ゴロゴロとベッドの上で転がった。

そんな彼女を見て、私は思わず顔を綻ばせる。

正直なところ、日光に着くまではずっと、学校に苦情を言ってきた高岡さんと吹奏楽部のことが頭から離れなかったのだ。移動中の新幹線や東武線の特急列車で何度も面談のことを反芻しては、どうしたものかと考えをめぐらせていた。けれども、どんなに考えても、寄せられた苦情には応えられそうになかった。もしかすると、応える必要さえないのかもしれないと思いはじめていた。

空と話しているうち、そんなモヤモヤした気持ちでいたことを、いつの間にか忘れていた。ずっと抱えていた重い荷物を、ひとまず置いておく場所をみつけて、一息吐くことができた感じ。

たったそれだけのことでも、私にとってこの『おくのほそ道』の旅は、意味のあるものになっていた。


その日の夜。

夜中にふと、目を覚ました。九月の後半にしては、妙に部屋が肌寒かったせいだろうか。

朦朧とした頭で部屋を見渡すと、カーテンが微かに揺れている。それで、窓が少しだけ開けたままになっていたことに気が付いた。この状態で寝てしまったのだろうか。

けれども次の瞬間、異変を感じた。

部屋の空気がどこかもの寂しい気がするのは、それだけが理由ではなかった。

隣のベッドにいたはずの、空の姿がない。

お手洗いにでも行ったのだろうかと思ったけれど、バスルームからあかりが漏れている様子もない。

どこかに行ったのだろうか。

そう思ったところで、ようやく目が冴えてきた。

ベッドから起き上がって、窓を閉める。

部屋の反対側にある入口に近づいたところで、スリッパがきちんと揃えて置かれていて、空の靴がないことに気が付いた。

スマートフォンの時計を見ると、午前三時十二分。こんな時間にどうしたんだろう。

——空、今どこ？

SNSのアカウント経由でメッセージを送る。

三分……五分。時間が経っても、返事は、なかった。

……何か、あったのかもしれない。

胸騒ぎがした。私は服を着替えると、そのまま飛び出すように部屋を出た。

日光は標高が高い。廊下に出ると予想以上に寒く、肌の表面から体温がだんだん奪われて冷たくなっていくのがわかる。そのおかげで、部屋の中にいたときはまだ頭の芯に残っていた眠気が、いつの間にか吹き飛んでいた。

ホテルをあてもなく彷徨《さまよ》ってみる。宿泊客は寝静まっているらしく、廊下には誰もいない。私が歩く足音が床や壁に何度も反響して、幾重にも折り重なって響いている。その中を歩いていると、まるで自分が、どこか不可思議な空間にでも迷い込んでしまったかのような気分になってくる。

そのまま、十分ほど館内を歩いた。

空の気配はどこにもなく、私はそのまま建物の外に出た。

月はすでに西の空に沈んでしまったらしく、無数の星あかりだけが周囲を照らしている。鬱蒼とした木々に囲まれた石畳の道沿いにぽつりぽつりと灯されている暖色のあかりを頼りに、ホテルの敷地から出た。静まり返った店が建ち並ぶ国道一一九号線沿いを歩いていくと、街灯のおかげでだいぶ視界が明るくなった。

空気が冷たい。それでも、すうっと深く息を吸うと、体の中に溜まっていた澱《おり》のようなものが、だんだんと溶けていくような気がした。

電話を掛ければ良かったのか。そこでようやく、気が付いた。

スマートフォンを操作して、空を呼び出す。

四回……五回………。

十回コールして出なかったら、諦めよう。

そう思いはじめたところで、空の声が聞こえた。

——どうしたの？　こんな時間に？

どこかすっとぼけた口調だった。まるで私のほうが、非常識な時間に電話を掛けてしまったかのような調子だ。

「いや、それはこっちの台詞でしょ」私は苦笑しながら、がっくりと肩を落として、「今どこ？」と、少し強めの口調で訊ねる。

——ああ……どこだろう。東照宮？

「はあっ⁉　何それ？」

思わず声が裏返った。歩いて十数分の距離とはいえ、どうしてこんな夜中に。しかも一人で。つい、悪さをした生徒を相手にしているときの調子になっていた。

——いやあ……ほら、昼間見たら、金ピカで超キレーだったじゃない。だから、夜見たらもっとすごいかと思って。

空は電話の向こうで、平然と言い放った。

そうだ、高校一年生に出会ったときの空は、こういうヤツだったのだ。

「とにかく、戻ってきなさい。いい？」

そのときの私の口調は、明らかに生徒を叱責するときのものだった。


「いやあ……夕べはごめんねー」

翌朝、私が目を覚ますと、空はまったく悪びれる様子もなく言った。

寝不足のせいか、まだ頭がぼんやりしている。空は私以上に寝ていないはずなのに、どうしてこんなに元気なんだろう。

せめて一言くらい言ってくれれば良かったのに、とも思った。

けれどもよく考えてみれば、お互いにもういい歳の大人なのだ。

もしかしたら、夜中に外に出たくなった空が、私を起こさないように気を遣ってくれたのかもしれない。自分だって、家に持ち帰った仕事をしているときなら、深夜にコンビニまで出るくらいのことはある。

そう思うと、空を責めることもできないような気がした。

「いやあ、帰りが遅くて先生に叱られるなんて久しぶりだから、ドキドキしちゃったよ」

空は笑いながら、チェックアウトしたホテルの自動ドアを潜り抜けた。

「私、先生扱いなんだ」

「口調がやっぱり、そうだなあ……って」

そう言われて、少し反省をする。

職業病というやつだろうか。誰かに対して自己主張をするときには、どうしても強い口調になってしまう。生徒を相手にしているときならいいのだけれど、大人どうしでこれをやってしまうとトラブルの種になることもある。

「叱られてうれしさ交じる月夜かな」

だから、呑気に即興の句を呟いている空を見て、私は内心で少しホッとしていた。

「もう、そんなにふらふらして、あんまり帰りが遅いと家の人とかに言われない？」と、気を取り直して訊ねる。

「一人暮らしだからねー」

空は私より少し前を歩いて、ホテル前の坂道を下りていく。今日はこれから、まずは二荒山神社のほうに向かうことになっている。

二荒山とは、男体山のことだ。『おくのほそ道』では、黒髪山という名前で出てくる。標高二四八六メートルの山に登るのは一日では無理なので、せめて芭蕉がたどった順番にしたがって、神社だけでも行っておくことにした。

「そういえば、美穂も一人なの？」

「えっ？」

不意に空に訊ねられて、私は目を見開いた。

「週末にこうして旅とかしていられるってことは、独身かと思ってたんだけど……もしかして、結婚してたりする？」

「結婚はしてないなあ……」

「じゃあ、彼氏と同棲とか？」

「……うーん。そう言えないこともないんだけど」

きっと空は、彼氏との円満な生活を想像しているのだろう。けれども、現実はそんなに良いものではない。

「マジで⁉ いいなあ……先生なんて安定した仕事をしている上に彼氏持ちなんて、美穂、ほんと勝ち組じゃん」

勝ち組、なんだろうか。

曖昧な笑顔を浮かべて返事をしながら、私は複雑な気持ちを抱いていた。

仕事をしているときや、空と旅をしているあいだは、できるだけ同居人である類《るい》のことは思い出さないようにしていたのだ。それが、同棲という話題になったことで、急に意識に上ってくるようになった。

それから、日光の駅で空と別れるまで。私は類のことを振り払おうとしたけれど、なかなか意識の外に追いやることができなかった。意識の中に類がいるだけで、心が乱れる。そんな相手と関係を保ち続けているのは、なぜだろう。本当にもう別れの潮時なのかもしれない。

4　殺生石《せっしょうせき》

日光から自宅に帰ってきたときには、すでに午後十一時を過ぎていた。マンションを外から見上げたとき、部屋にあかりが点《つ》いているのが見えた。今日はどうやら、類が帰ってきているらしい。

そのことを確かめた瞬間、日光の旅で回復していたはずの私の心が荒みはじめる。今日は部屋に戻らず、このまま駅前に戻ってホテルに泊まり、明日はそこから出勤してしまおうか。そんな誘惑にも駆られたけれど、そこまで類を邪険にするわけにもいかない。

いちおう表向きは、ただの同居人ではなく彼氏ということになっている。私が類の言葉に変に言い返したりしなければ、お互いにただ空気のように、同じ空間を共有しているだけの存在でいられる。

そう思い直して、私はマンションのオートロックを開いた。

エレベーターで三階に上る。鍵を左に回して、そっと扉を開く。案の定、入ってすぐ左にあるサービスルームから、カタカタとキーボードを打つ音が響いてきた。きっと論文を書いているのだろう。

類が作業しているときは、少しでも物音を立てると苦言を呈される。トイレの水を流すことでさえも躊躇われるほどだ。実際、前にキッチンで鼻を啜ったことがあった。類の作業部屋の扉も、キッチンの扉も閉めていた。それなのに一時間くらい経って類が部屋から出てきたときに、

——美穂さん、さっき鼻啜ってたでしょ？　風邪でも引いた？

と、ややトゲのある口調で言われたことがある。類はもともと異様に耳が良い。作業をしているときは、いっそう聴覚が研ぎ澄まされるらしい。

音を立てないように靴を脱ぎ、そろりそろりと、奥のリビングに歩を進めた。ここは私が借りて家賃を払っている家なのに、いったい何をやっているのか。そんな思いも、頭をよぎる。

その瞬間、ふーっと大きな溜息が聞こえた。

私は肩を震わせる。類の機嫌を損ねただろうか。

ドアが開いたままになっている類の作業部屋をおそるおそる覗き込んだ。すると、

「遅かったね。一言くらい、メッセージを入れておいてくれたら良かったのに」と、類は淡々と、声だけを私に向けた。

「ゴメン。ちょっと、友だちと会いに」

「へえ、そうなんだ。いつも忙しいって言ってるわりに、よくそんな時間があったね」

「あ、うん……」

私はそこで、言葉を詰まらせてしまう。いつもこうだ。

類としては別に、私に悪気があってこうしているわけではないのだろう。けれどもどこか威圧感がある。類の言葉にはいつも論理的な整合性があったり、倫理的な正しさを伴っていたりする。単に、事実を事実として口にしているだけなのだ。別に強い口調で相手を罵倒したり、叱ったりするものではない。それなのに私は彼の言葉を浴びたとたん、身動きが取れなくなってしまう。

そういう意味では、もしかすると私なんかよりずっと、彼のほうが教師という仕事に向いているのかもしれない。きっと類なら、私よりもうまく生徒を従わせることができるだろう。

類はそれきり、私のほうを向くこともなく、ずっとパソコンの画面に向かっていた。

私は、コンビニで買ってきたパスタサラダのパックを開いて、できるだけ音を立てないように口に運んだ。

類と付き合うようになったのは、もう五年も前のことだ。

あの頃は、私もまだ教師になったばかりで仕事に慣れていなかった。いろいろ言いたいことも溜まっていたとはいえ、職場で吐き出すわけにもいかない。

それで、大学のときの同級生で同じ文芸サークルにいて、職場から一時間くらいのところにある国立大学の大学院に進学していた類になんとなく連絡を取って、食事に誘った。そういえば学生のときは二人で食事をしたことなんてなかった気がするから、唐突といえば唐突だった。

今になってみれば、最初に迷惑を掛けたのは私のほう。卒業してからまったく連絡さえも取っていなかった相手に、いきなり延々と二時間にもわたって職場の愚痴を吐き出し続けたのだ。

けれども類は、真剣に、まっすぐに私の目を見てその話を聞いてくれた。そして、私がたっぷりとこぼした愚痴一つ一つに、丁寧に意見を言ってくれた。

——高校生って、意外に先生のことをちゃんと見ているよね。話がおもしろいとか、授業中に寝ていても叱らない先生ってどうしても一部の生徒に好かれるように見えてしまうんだけれど……多くの生徒は、しっかりとした知識があって、この人の授業を聞いていれば自分のためになると思った先生のことを信じるものだと思うよ。

——教える予定のことをひとおりたどって授業をするっていうのが、いちばんまずいと思う。十のことを準備して十のことを教えるっていうのは、まだ力が足りないってことだよ。十の準備をしたら、そのうちの三くらいの内容で授業をすればちょうど時間になるようにしたら、やっと授業として成立するんじゃないかな。

——部活をしていると、多く練習すればするほど強くなれるっていう勘違いをする人たちが出てくるのはおかしいよね。今のスポーツ科学では、長時間練習をするよりも、短い時間に区切ってより効率的に集中して練習をしたほうが体力も技術も身に付くっていう研究論文が出ているんだから。逆に、長時間の練習は集中力も落ちてくるから、怪我のリスクも高くなる。問題は、そういう科学的な練習方法を、どうやって生徒や保護者に説明をして、理解してもらうかだと思う。

その言葉の一つ一つが、私がほしかった答えだった。類の言葉を信じて従っていけば、私でも教師という仕事を続けていくことができる。そう思えた。

大学院生だった類は名古屋にあるアパートで一人暮らしをしていたけれど、当時は奨学金と塾講師のアルバイトで生活をしていたので、名古屋にある複数の大学の非常勤講師を掛け持ちしている今以上に金銭的には厳しかった。付き合い始めてすぐ、玄関脇にある部屋を類に明け渡して同居するという提案をしたところ、私のところに転がり込んできた。

今になって思えば、私と類との関係は、一緒に生活をはじめたばかりのあの当時が、いちばんうまくいっていた気がする。こうして息を潜めるようにして食事することもなかったし、類が発する言葉の一つ一つに、胃がきゅっと締め付けられるような気持ちになることもなかった。


「ねえ、美穂さん」

背後から急に声を掛けられて、ドキリとする。

また何か、類の不興を買っただろうか。おそるおそる後ろを振り返る。

「なに?」

「美穂さんももういい大人なんだから、夜遅く帰ってくるなとは言わない。でも、明日からはまた仕事があるんだから、そこには支障が出ないようにしないと。美穂さんはいつも肝腎なところで物事の優先順位を間違えるから、そこはもう少し意識しないとダメだと思う」

叱られている子どもみたいに、私は小声で返事をして小さく頷く。やがて、また胃がきゅうっと締め付けられるような感覚があって、体が震えはじめる。

類は、正しい。いつも間違ったことを言わない。

淡々と、冷静に。私のおかしな部分を的確に指摘する。

それなのに……どうしてだろう。

私はこうして類から言葉を浴びるたび、だんだんと動けなくなっていく。自分がいったいどうしたいのかがわからなくなっていく。やがて、私はほとんど機械か何かのように、類の言葉どおりに動くことしかできなくなっていく。

もしかすると私にとっての類は、『おくのほそ道』に出てくる殺生石みたいなものなのではないだろうか。殺生石とは那須《なす》にある溶岩の呼び名で、古来より付近の火山性ガスによって周りに多くの死骸が落ちていたという。生き物の生気を奪う石。私は類と一緒にいることで、だんだんと生気を奪われているのかもしれない。

類から逃げれば良いのだろうか。

類と別れてしまえば、私はもう少し心安らかに、日常を送ることもできるのだろうか。

「……うん、わかった」

どうしてこんなことになっているのだろうと思いながらも、私はそう声を出して、もう一度首を縦に振った。

――先生なんて安定した仕事をしている上に彼氏持ちなんて、美穂、ほんと勝ち組じゃん。

日光で空から掛けられた言葉を思い出して、だんだんと空虚な気持ちに包まれていく。傍から見れば、空の言うとおりなのかもしれない。

大学院を修了して、今は非常勤講師を掛け持ちして生活しているけれど、研究者としての将来を嘱望されている優秀なパートナー。そして、高校教員として安定した職に就いている私。その二人が一緒に暮らしているのだ。

けれども実際の私は、空が言うような勝ち組だとはどうしても思えなかった。

こうして胃の痛みに耐えながら、類の言葉にじっとしていることしかできずにいる。

5　白河

新白河《しんしらかわ》駅で新幹線を降りて、在来線に揺られることわずか三分。私たちは福島県の白河駅に降り立った。赤い煉瓦の屋根に、木の板で作られた外壁を白く塗った瀟洒《しょうしゃ》な駅舎だ。空はその建物を背にして、

「……いやあ、やっと旅に来たっていう感じだね」と、おどけるように言った。

「どういうこと？」

「だってさ、ほら」

空が示した指の先には、バス停の時刻表が掲げられていた。

芭蕉にとって『おくのほそ道』の旅のハイライトの一つだった白河の関に向かうバスは、一日にたった二本しかない。十時十分と十三時四十分。平日にしても十五時三十六分、十六時三十分、十八時五十分の三本だけなので、そもそも観光客が来てこのバスに乗るということは想定されていないのだろう。地元の高校生が、通学にでも使うのだろうか。

「こういうのを見ると、旅に来たって感じしない？」

「それはちょっと、同意できないな」

観光地というのは、もう少し旅行者にも優しく、公共交通機関が整備されているものだった気がする。

「『おくのほそ道』にもそんなこと書いてなかったっけ？」

「えっ？」

空に言われて、私はとっさに、カバンの中に入っていた角川ソフィア文庫を取り出した。江戸時代にバスなんてあるはずがない。移動手段のことでも書いてあっただろうか。

どんなにページを捲っても、空が言っているような記述は見当たらなかった。きっと、記憶違いか何かだろう。

眉を顰《ひそ》める表情から、私の疑念を感じ取ったらしい。空は、

「ほら、『白河の関』のところだよ」と、こちらの手元を覗き込んだ。


心もとなき日数重なるままに、白河の関にかかりて旅心定まりぬ。「いかで都《みやこ》へ」と便り求めしもことわりなり。


――旅に出たとはいっても、はじめのうちは実感がわかない日々が続いていた。白河の関にかかる頃になって、ようやく自分は旅に出たのだという実感がわくようになってきた。平安時代の歌人だった平 兼盛《たいらのかねもり》は、この白河の関を越えたときの感動を、「いかで都へ」と和歌に詠んで、なんとかしてその感動を都にいる人々に伝えたいと願ったそうだ。それも、もっともなことだと思う。

芭蕉は『おくのほそ道』で、白河の関をそう描いている。

「旅心定まりぬ、って、テンションがあがっている感じでしょ？」

その言葉を聞いて、私はようやく、空が言おうとしていたことを理解した。

旅心定まりぬ。

これは、白河の関がこの先の奥州の入口であることを示している言葉だ。『おくのほそ道』の旅で、芭蕉は江戸から千住《せんじゅ》、日光道中を通って日光に抜け、宇都宮《うつのみや》の本陣に戻って奥州道中に入っている。白河は、幕府が管轄していた街道の終着点だ。この関所から先が「おく」、すなわち奥州に当たる。

芭蕉はここまでは、極端に言えば、宿場街が比較的よく整備された歩きやすい街道を歩いてきた。ここからは、いわば脇道に入る。それぞれの藩が道を管理していてだいぶ歩きやすくなっていたとはいうものの、芭蕉にとっては、白河までの道のりとは違うという感覚があったのかもしれない。だから、旅心が定まったというのは、旅にやってきてテンションがあがっているというよりは、ここからが本当の旅だと気合いを入れ直している感じに近いような気がする。

「それで、これからどうするの？」

空は言いながら、タクシー乗り場にチラリと視線を向けた。

定期試験前の部活動禁止期間に入ったおかげで、今週は家を早い時間から出ることができた。今はちょうど、十二時を少し過ぎたところだ。バスの時間までは、一時間半以上ある。

彼女の問いかけに、私はネットでみつけて考えていたちょっとした企みを思い浮かべた。

「……ねえ、空って、体力には自信があるほう？」

白河駅から白河の関までは、県道七六号線に入って道なりに進めばたどり着くことができる。西側を通っている国道二九四号線が旧奥州街道で、県道七六号線はそれ以前から通っていた古道。西行法師が平安時代の終わりに旅をしたときはもちろん、芭蕉は旧奥州街道から白河の関に向かってわざわざ古道のほうに出たと考えられる。今私たちがいる白河駅から県道七六号線を進むと、ちょうど『おくのほそ道』のルートを逆走する形になる。

白河駅の建物の隅には、公営の観光案内所があった。ここにはレンタカーとレンタサイクルがあって、自転車のほうは無料。車のほうは有料だとはいうものの、一時間五百円にガソリン代を払えば借りられるという破格の値段だ。

白河の関までは、車ならおよそ二十分、自転車なら一時間。

バスがほとんど使えないので、白河の関に向かうルートは、この二つかタクシーかの三択になる。

ネットでそんな説明を見た瞬間、私の心は決まっていた。

通勤に車を使っているので、いちおう免許証は持ってきていた。けれどもせっかく旅に来ているのだから、いつもとは違ったことをしたい。ついでに日頃の運動不足を解消したい。だから、自転車で白河の関に向かおう。

そう考えて私たちは自転車を借りた。白河の関に向かう前に、まずは昼食を食べるお店を探す。

福島でラーメンというと、まずは喜多方《きたかた》ラーメン。独特のちぢれ麺と、あっさり味の醬油スープ。それに対して、ここ数年は白河ラーメンも、ご当地ラーメンとして人気が高まっている。

市内に百軒近くあるというラーメン店の中で、有名店と知られているところは、ちょうど白河の関に行く途中の国道二八九号線沿いに多く並んでいる。けれども、

「やっぱり、行くなら総本山じゃない？」と、私は空に言った。

「総本山？　どういうこと？」

「白河ラーメン発祥のお店だって」

「ああ……なるほど」

「せっかくなら、やっぱりそういうお店に行きたいじゃない」

「そういうところ、美穂ってけっこうこだわるよね」

「でも、空だって食べたいでしょ？」

「そうね、ラーメンならやぶさかではない」

そんなわけで、私たちはあえて阿武隈《あぶくま》川沿いの県道に迂回して、白河ラーメンの発祥の店と言われる、とら食堂に向かった。

田園風景が広がる道を自転車で進んでいくと、その途中に忽然と真新しい白い建物が現れる。お店の前には列ができていたけれど、思ったよりもお客さんの回転が速い。十五分ほどで中に入ると、店内はテーブルや内装が木で統一されていた。

空が手打ち中華そば、私はワンタン麵を注文する。

白河ラーメンは、蕎麦打ちの技法で作られた手打ちの麵と、透き通ったスープに特徴があるらしい。運ばれてきた丼《どんぶり》に、

「やっぱり、喜多方ラーメンと同じ系統の中華そばかな……」と、呟いてからレンゲでスープを口に運んで、私と空は目を見合わせた。あっさり系の醬油ラーメンかと思ったら、実際に口に含んでみると、醬油の塩気がまずやってきて、その後からうま味が感じられるのだ。鶏ガラと豚ガラ……だろうか。

ラーメンの前に運ばれてきて、ぜひ入れて下さいねと言われた玉ねぎのみじん切りが入った器を思い出す。実際に入れてみると、シャキシャキした玉ねぎの食感に、塩気、うま味、そして玉ねぎの甘みが順番にやってくるようになる。

ぷるぷるとしたちぢれ麵を箸で掬って啜る。

「コシとのどごし！　これはすごい」

空がすかさず声を上げた。手打ちの麺は表面がつるつるとしている。噛んではいるのだけれど、それでもまるで喉をするりとすり抜けるようにして食道へ落ちていくのだ。どうしても濃い味になりやすいラーメンが、こんなに繊細な味になるとは。どちらかというと、私たちのような女性におすすめの逸品だった。

食事を終えてふたたび自転車に跨《また》がり、この交通手段を選んだことを後悔しはじめたのは、自転車を漕ぎだしてすぐのことだった。

自転車に乗るなんて、高校生のとき以来だ。漕ぐときに使う筋肉は、日常生活ではあまり使わない部分らしい。車での生活によって鈍《なま》りきった体にとって、自転車を漕ぐという動作は思いのほか過酷なものだった。

せめて電動アシスト付きの自転車なら良かったけれども、無料貸し出しのものにそこまで求めるわけにもいかない。お昼を食べてからまだ十五分くらいしか漕いでいないのに、私の太股はパンパンになっていた。

「……ちょっと、待ってー！」

涼しい顔をしてすいすいと自転車を漕ぐ空を追いながら、絞り出すようにして声をあげた。

十メートルほど先を進んでいた空は、ゆっくりと道路の脇に寄せてから、自転車を止

めた。そのまま、

「美穂、もうちょっと体を動かしたほうが良いんじゃない？」と、張りのある大きな声を私のほうに飛ばした。

ようやく空に追いついた私は、

「少しだけ休んでいい？」と、息も絶え絶えに頼み込む。

両足を地面に突いた。その状態で立っているだけで、脚がぷるぷると震えている。背中に滲んだ汗で、肌着が皮膚に貼り付いているのがわかる。

日頃、運動不足だということは、自覚していた。それでも、ここまで体力が落ちているというのは、自分自身にとっても衝撃的な事実だった。

空は私が近づいていくあいだに、カバンからスマートフォンを取り出していた。その画面にじっと見入りながら、

「そうねえ……」と、何かじっと考え込んでいる様子だ。

「どうかした？」

「あっ……うん、ごめん」

空はスマホのボタンを押して、なぜか慌てたように、上衣《うわぎ》のポケットにしまい込んだ。

「急ぎだったら、電話とか掛けてきてもいいよ。休んでるから」

「ううん、そんなんじゃないから」

「誰かとメッセージのやりとりでもしてた？　恋人とか？」

私はちょっとだけ、意地の悪い口調で訊ねた。日光で空から言われた言葉を、半ば冗談で、そのまま返したつもりだった。

「いやいや、違うって。よくSNSでやりとりしている人のアカウントを見てただけだから」

たしかに私にも、そういうやりとりをしているアカウントはいくつかある。お互いのプライベートな交友関係には、あまり踏み込まないほうが良いかもしれない。

そんなことを考えているうちに、ようやく私の呼吸も整ってきた。まだ脚はぷるぷる震えているけれど、もう少し休めばなんとかなるかもしれない。

「じゃあ、もうちょっとここで休んでいくからさ。悪いけど、先に白河の関まで行ってってくれない？」

私は、空にそう提案した。

「そう？　だったら、ちょっと先に行くね」

空は笑いながら言って、自転車のペダルに足を乗せると、ふたたび颯爽と自転車を漕ぎはじめた。

だんだんと離れていく空の背中を目で追いかける。

夏でも着られる薄いロングコートを風に翻し、その裾が車輪に引っかからないよう、器用に自転車を漕いで遠ざかっていく。

「じゃあ、またあとでねー」

進む方向を向いたまま、右手だけを挙げてこちらに合図している。

――じゃあ、またあとでねー。

高校生だったときの空も、同じようにこう言って右手を挙げ、私に合図を送っていた。

そのことを思い出した瞬間、不意に、胸騒ぎがした。

追いかけていけば、またすぐに空と会うことができるのだ。

……それなのに、どこか空と私とのあいだに距離があるような、不思議な感覚があった。


――ずっと漕いでるとキツいよー。ある程度スピードが出たら勢いで進むようにすると楽になるから。

そんなメッセージが届いたのは、空と別れて十分ほど経ってからのことだった。

空と連絡が取れたことに私は少しホッとして、自身のことを振り返った。

言われてみれば、ずっと必死になって自転車を漕いでいたのだ。だから脚の筋肉が悲鳴をあげていたのかもしれない。

自転車の乗り方さえも忘れていた自分に苦笑しながら、ふたたびサドルに跨がった。

空に言われたとおり、スピードに乗るまで力を入れて漕ぎ、そこからは惰性で進む。

左手に見えてきた大きな工場の脇を通り過ぎると、やがて、左右が森に囲まれた峠道にさしかかった。緩やかな上り坂になっているような気がするけれど、ほとんど感じない程度の勾配だ。自転車のスピードも落ちない。

そのことに気が付いて、ようやく自分の背筋がすうっと伸びた。すると、それまでは下を向きながら必死に脚を動かしていたのが自然に顔が正面を向くようになり、視界が一気に広がった。

そうか、こうやって周りの景色を眺めながらのんびりと漕げば良かったのか。

自転車は必死になって漕げば漕ぐほど、周りが見えなくなっていく。そうなると、たしかに前には進むのだけれど、余計なところに力が入っているから体に負担がかかる。疲労が蓄積して、だんだんと前に進むことすら覚束なくなっていく。

けれども、いったん自分のペースを摑んでしまえば、今まで感じていた体の重さが嘘みたいに、自転車はすうっと道路の上を滑るようにして進むようになった。

心地良い風が正面から吹き付けて、道の左右に生えている木々の枝を揺らしている。

汗をかいて火照りはじめていた自分の体が、だんだんと冷やされていく。

――類との関係や仕事のことでも、こんなふうに視界の広げ方がわかれば良いのに。

こうして一人になって自転車を漕いでいると、旅という非日常の時間に、不意に日常の思考が割って入ってきた。この思考を振り払うためには、空に追いつかなければいけない。

私は、空が待っている白河関の森公園に向けて、自転車の速度をあげた。

ようやく公園にたどり着いたのは、空と別れてから三十分ほど経ってからのことだった。

左側に広がる水田の向こうに、「白河関の森公園」と、七枚の茶色の板に一文字ずつ白い文字が書かれた看板が見えてくる。

看板のところで道を左に折れると、それまでの疲労が嘘みたいに体が軽くなった。路地に入ってまっすぐ進むとなぜか相撲の道場があり、その奥に売店やレストランの建物が建っている。けれどもその他には、公園にするときに整備したらしい建物がぽつぽつと点在しているだけだ。あとは、ゆるキャラの「しらかわん」のモニュメントが建っているところに子ども向けの遊具があって、両手で数えられるくらいの人数の親子連れが遊んでいる。

白河関跡は国の史蹟に指定されているはずなのに、これではあまりに寂しい。せっかく一緒に来てもらっているのに、さすがに空もがっかりするんじゃないだろうか。

そう考えながら、周囲を見渡した。

奥のほうに、芭蕉と曾良の像が見える。そこでようやく、空と別々にたどり着いたことを後悔した。一緒だったら、二人で歓喜の声をあげていたかもしれない。

像の正面に向かって右側に足を向けた。水車や、江戸時代の関所を再現したらしい建物が並んでいる。反対側、左手の方角には神社があって、ここがもともと白河の関だったところらしい。

神社の社殿は、一六一五年に伊達政宗《だてまさむね》が寄進したそうだ。その傍らにある石碑は、寛政の改革で知られている松平定信《まつだいらさだのぶ》が一八〇〇年に調査を行って、ここがもともと白河関だったことを認定して建てたものだという。他にも、一一八〇年に源《みなもとの》義経《よしつね》が鎌倉に向かって挙兵するときに戦勝祈願したのが、この場所だったという言い伝えもある。

高校生だったときに日本史の授業で習った名前が、少しネット検索をしただけで次々に出てきた。白河の関という場所は、昔の人たちにとってそれだけ重要な場所だったのだろう。

そう思うにつれて、私のテンションはどんどんあがっていった。顔が上気して熱くなっているのがわかる。口元が自然と緩んで、笑みがこぼれている。

中にもこの関《せき》は三関《くわん》の一《いつ》にして、風騒の人、心をとどむ。

白河の関は、山形にあって源義経に縁のある鼠ヶ関《ねずがせき》、かつて福島にあったという勿来関《なこそのせき》とともに、奥州三関の一つに数えられ、数々の和歌に詠まれてきた。その中でも、昔から特に風流を愛する人々の心を捉えてきたのだという。

『おくのほそ道』にそう書かれているとおり、たしかに白河の関は、古《いにしえ》の風流人たちに思いを馳せる場所だ。芭蕉と曾良も、ここに着いたときにはきっと私みたいに、いや、私以上に心臓が高鳴ったに違いない。白河まで新幹線を乗り継いできた私と違い、二人は江戸から歩いてこの憧れの場所までやってきたのだ。

……けれども、と、私は急に冷静さを取り戻した。

なにより、まずは空を探さないといけない。白河の関にやってきた高揚感に任せて、そのことがすっかり頭から抜け落ちていた。

神社の周りに、空の姿はなかった。

売店、水車小屋、遊具の周り、関所を再現した建物、「奥の細道」遊歩道。公園の中を、順番にめぐっていく。空の姿はどこにもない。

――ねえ、今どこにいる？

スマホを取り出して、ＳＮＳでメッセージを送った。

しばらく待っても、返事はない。

私は水車小屋のところに戻って、広場に設置されている木製のベンチに腰掛けた。

別れてから白河関の森公園に来るまでは、ほとんど一本道だった。何か所か交差点はあるけれど、基本的には道なりに自転車を漕いでくればたどり着くことができる。道を間違えるはずもない。

公園に入るときだけは、路地に入る必要がある。そうはいっても、かなり大きな看板が出ていたので、そのまままっすぐ進んでしまうということも考えにくい。公園の周りに、どこか他に行くような場所があるわけでもない。途中で追い越したりしていないかぎり、空がいるとすればこの公園くらいしかないのだ。

もう一度、メッセージを送ってみた。

……応答はない。

妙な胸騒ぎを感じた。途中で何かあったのではないだろうか。

県道七六号線は、ほとんどの場所が時速五十キロ制限の二車線道路だ。栃木のほうに向かう抜け道になっているらしく、かなりのスピードで車が走っている。路肩の幅がほとんどないので、自転車はどうしても車道を通ることになる。トラックに追い越されるようなときは、かなりの恐怖を感じる。

けれども途中で何かあったのなら、さすがに騒ぎになっているだろう。

そう思って数分おきにSNSでメッセージを送り、空からの反応を待った。何度連絡を取ろうとしても、返事はなかった。

胸騒ぎが、だんだんと不安へと変わっていく。

私は落ち着かない気持ちを抱えたまま、結局一時間近く白河関の森公園のベンチでぼんやりと待ちぼうけを食うことになった。

そろそろここを出て、宿に向かおうか。

その前にもう一度だけ、公園の中を探してみよう。

ようやく決心がついて、立ち上がろうと腰を浮かせたとき、

「ごめーん！　すごく待たせたよね⁉」と、聞き慣れた声が響いてきた。声のした方向を見ると、芭蕉と曾良の像のところから、空がこちらに向かって小走りに駆けてきていた。

その日の夜。白河神社を出て那須塩原《なすしおばら》に戻った私たちは、塩原温泉に泊まることになっていた。本当は横山大観《よこやまたいかん》や竹久夢二《たけひさゆめじ》が定宿にしていたという和泉屋《いずみや》旅館に行きたかったけれど、二〇二〇年一月に廃業してしまったらしい。それで、国木田独歩《くにきだどっぽ》が泊まったという上会津屋《かみあいづ》に向かうことにした。

白河から那須に向かうというのは、『おくのほそ道』で芭蕉と曾良がたどった旅程から考えると順番が逆になってしまう。だから少し気が引けたけれど、考えてみれば、自

転車で県道七六号線を走った道もルートを逆走していたのだ。だから、あまり気にしないでおこうということになった。

「ゴメンゴメン。今日はまるで、ウサギとカメだったね」

居酒屋にある掘りごたつのような座席でグラスに注いだビールを口にしながら、空は悪びれない調子で言った。

ウサギとカメ。ということは、途中で私が、気付かないうちに空を追い抜いてしまったということだろう。

それにしても、私はいつの間に空を追い抜いていたんだろう。どこかに立ち寄れそうな場所なんてあっただろうか。

自転車で走っていた道をどんなに思い返しても、それらしい場所は浮かばなかった。

この話題を続けていくと、生徒を叱りつけているいつもの調子で、日光のときみたいに空に苦言を呈してしまうかもしれない。私が自転車に乗ることを提案して、勝手にへたばって、空に先に行ってもらったのだ。今日の一件については、原因の半分は私にある。そう考えた瞬間、空が先に自転車で行ってしまった時の胸騒ぎを思い出した。

「そういえばさ、空って高校一年の夏に転校していったよね。あれからどうしてたの？」

それは、最初に空にメッセージを送ったときから、ときどき頭を擡《もた》げてくる疑問だった。

「ああ、ずっと仙台にいたよ」

「そうなんだ。私、知らなくってさ。夏休み明けてすぐ転校してるんだもん。びっくりした」

「ああ、家の事情でね。ごめんね、みんなとちゃんとお別れもできなくて」

「一言ぐらい、言ってほしかったなあ」

空は、ゴメンゴメンと言って苦笑を浮かべながら、

「まあ、十代のときの生活なんて、どこにいたってそんなに変わらないよ」と、言って続けた。「なんか、今の美穂の感じって、やっぱり先生っぽいよね」

「えっ？　そうかな……」

空の言葉が意外だったので、私は首を傾げる。

「相談に行ったときの鶴岡《つるおか》ちゃんの雰囲気にそっくりなんだもん」

鶴岡ちゃん。久しぶりに聞いた呼び方だった。私たちが高校一年生だったときに空のクラスの担任だった、音楽の先生だ。私立の学校は異動がないから、まだ在籍されている。しかも吹奏楽部の顧問なので、大会で何度かお目にかかって挨拶をした。今の私には、間違っても鶴岡ちゃんなんて呼ぶことはできない。所属は違うとはいえ、同じ業界の大先輩に当たるからだ。

空は続けた。

「美穂って、すごく先生が合ってると思うよ。というか、高校生のときに文芸部にいたときから、きっと向いてるだろうって思ってた」

その言葉があまりにまっすぐ向けられたので、私は照れ臭くなって反応に困ってしまう。

きっと空は、素直にそう考えて、思ったままのことを口に出しているのだろう。教師という仕事に対して私が日増しに自信を失いつつあるなんて、彼女には想像もつかないのだろう。

それでも空の言葉は、私にとっては嬉しいものだった。褒められたことで、むず痒《がゆ》いときみたいに体をよじらせたい思いに駆られる。一方で内心では、もう少し先生でいるのも悪くないように思えていた。

6　武隈《たけくま》の松

教卓を蹴っ飛ばして授業を切り上げ、そのまま教室を出ていくことができたら、どんなに楽だろう。

そんな誘惑に駆られながら、私はグッとその衝動を抑え込んだ。

三十年前なら、許されたとは言わないまでも、実際にそういうことをする教員はいたような気がする。

けれども、現代の学校でそんなことをしたら、始末書どころでは済まされない。間違いなくクビが飛ぶ。

寝ている生徒を出席簿でコツンとやるようなことはもちろん、しゃべっている生徒を叱るために声を荒らげるくらいのことでさえ、今の学校では問題になりかねない。

ゴムのボールが、教室の中を行き交っている。

授業中。退屈に耐えきれなくなったいちばん後ろの席にいる生徒の一人が、ロッカーからボールを取り出した。それを放り投げたものが、別の生徒の頭に当たる。やがて、それを投げ返しあう応酬がはじまった。

知識としては、こういった生徒たちが退屈しないように、授業にいろいろな仕掛けを作ってあげれば良いこともわかっている。でも、そんなに簡単にうまくいくはずがない。それに今の学校では、下手にこういう生徒を怒鳴りつけたりしたら、私のほうが責任を問われることになる。だから、私はただ黙って、こういった態度に出ている子どもを睨みつけていることしかできない。

――うちの学校では、生徒を五十分座らせておくことが、仕事ですからね。授業なんて、五分くらい成立させて、その日のポイントだけ教えられれば十分ですよ。

入職したときに、教頭から言われた言葉を思い出した。

信じられないことに、本当にいるのだ。授業でいちいち生徒に古文を訳させたり、文法の解説をしたり、問題を考えさせたりする時間なんていらない。どうせ試験に出るところなんて決まっているのだから、試験に出るところだけまとめたプリントを配ってほしい。そうすれば、あとは勝手にさせてくれ。そんなことを言ってくる生徒が、だいたい各クラスに二人。

おそらく、実際にこういった要求に応えてしまう授業をやっていた、もしくはやっている教員がいるのだろう。だから、当然のように他の教員にも求めてくる。

こういう子どもに、自分で調べたり、考えたりすることの大切さをどんなに教えても通じない。試験で点数を取るだけの知識さえあれば、世の中はそれで渡っていけると思っている。目の前にあるハードルを越えることだけがすべてなのだ。

将来、自分で考えないといけない問題に当たったときに、どうやって対処すればいいのか。物事をどう調べて、どう考えていけばいいのか。そういった長期的な視点に立つことは、案外難しい。

私は暗澹たる思いに駆られながら、

――そんなに野球がやりたいなら、今から外に出て、やっていてくれない？　授業は欠席にしておいてあげるから。

喉元まで出ていた言葉を、飲み込んだ。

これで欠席なんかにしたことが保護者に伝わったら、また新しいトラブルの火種になることは目に見えている。


「今日の三年二組、元気でしたね」

授業が終わって疲労困憊で職員室に戻ると、隣の席にいた梶山先生が淡々と、声だけを私に向けた。

……嫌味か。

私は反論したい衝動に駆られながら、あえてにっこりと微笑んでみせた。

「あのクラスは、ときどきああなりますよね。先生は、どうなさっているんですか？」

その反応が意外だったらしい。

梶山先生は珍しく私に顔を向けて、ぽかんと口を開いている。

「私……ですか？」

「ええ。先生の授業では、同じようなことはないのかな、って」

「私は、授業のポイントをプリントにして配っているので。あとはだいたい、生徒たちと雑談していると、それなりに生徒は楽しくやってくれるんですよ」

すぐ目の前に犯人がいた。どうりで生徒が、試験に出るところだけまとめたプリントを要求してきたはずだ。

私は目元に力を入れて、ぶん殴ってやりたい衝動に駆られながら、

「でも、授業中に立ち歩かれたりしません？」と、さらに笑顔に力を籠めた。

「先生も私と同じように、生徒と仲良くなったらいかがです？」

は？　授業中におしゃべり？　仕事ナメてんの？

……なんていうことは口が裂けても言えない。

きっと梶山先生も、彼女なりにいろいろ試して、そこにたどり着いたのだろう。そのやり方なら定期試験の点数だけは出るから、保護者からの苦情が来ない。生徒のほうでも、授業をまともに受けなくて済むし楽ができるから、教師に好意が向きやすい。でもそれは、生徒に勉強させることそのものを完全に諦めた態度だ。すでに生徒を見捨てているとも言える。

表向きだけ優しそうに見える人間というのは、本当は、優しそうに見せている相手のことをいちばん侮って、相手にする労力すら放棄した人間なのだ。

気分がどんどん沈んでいった私は、梶山先生との会話を切り上げた。せめてもの抵抗

として、彼女に聞こえるようにわざと大げさに溜息を吐いた。

マンションから歩いて五分のところにある駐車場に車を駐めて、疲れた体を引き摺るようにして自宅に向かう。家に帰ったら、また類に最大限の気を遣いながら生活をしなければならない。そう思うと、いっそう気が重くなった。

高校生だったときは、岐阜市内にある実家から出たくてたまらなかった。

私の両親は、何かと口うるさかった。高校生なのに、門限は午後七時。塾や予備校に通っているときだけは午後九時半。それを過ぎると、ずっとネチネチとお説教をしてくるようなタイプ。お小遣いは月に五千円で、アルバイトはもちろん禁止。テストの点数は隈なくチェックされ、成績が下がったり勉強が足りなかったりすることがわかると、泣いて謝っても許してもらえないような家だった。

私の目標は、なんとしてでも東京か大阪の大学に推薦枠のある私立の高校に入って、そのまま実家から出て進学することだった。名古屋にある大学はもちろん、三重や静岡にある国立大学に進学したとしても、二時間以上かけて自宅から通うべきだと言われていた。一般入試で受験すると、実家から通える大学しか受験させてもらえない。

その願いが無事に叶ったときには、ずっと両肩で担いでいた重い荷物をようやく下ろすことができた気分だった。体が軽くなって、スキップでもしながら、どこへでも行くことができそうな感じ。奨学金という名前の借金を背負うことになったとはいえ、大学の四年間はこれまでの私の人生の中で、間違いなくいちばん自由な時間だった。

大学を卒業してから本当は大学院に進学してもう少し日本文学を勉強したかったけれど、授業料を払って生活をしていくだけの資金が続かないので、諦めて教員採用試験を受けた。地元で高校教員として入職することが決まったとき、岐阜地区ではなく大垣市や揖斐《いび》郡、海津《かいづ》市に当たる西濃《せいのう》地区をこっそりと第一希望にしたのも実家から逃れるためだった。地元に戻ってくるようにという両親の希望を叶えつつ、通勤を理由に一人暮らしをすることができる。教育委員会の命令で勤務先が西濃になったと言えば、両親も納得するだろう。それだけ私にとって、実家という空間は息苦しい場所だった。

それなのに私はどうして、今もこうして自ら進んで身の置き場のない毎日を過ごしているのだろう。

二十代の半ばを過ぎると、高校や大学の同級生たちから、だんだんと結婚の報告が届くようになる。中には、もうすでに一度結婚をして子どもを産み、離婚してしまったというような友人もいる。

私はというと、類とそんな話になったことは一度もなかった。類のほうでも今は結婚なんて考えられるような状態ではないし、これからどこに就職するかもわからない。だから、結婚という発想すら、浮かんでこないのだろう。

それなら……と、思い直す。

どうして私は、類と暮らしているのだろう。

二人で同じ部屋にいてけっして気が休まらないような相手と、こうして曖昧な関係のまま、どうしてずっと一緒にいるのだろう。

結婚しているわけでもない。子どもがいるわけでもない。だったら、別れようと思えばいつだって、別れられるじゃないか。

仕事だってそうだ。

まだ三十歳を過ぎたところ。高校教員という仕事を続けなくたって、転職活動をして別の職場に移ることだってできる。

類のこと。勤め先でのこと。すべてを擲《なげう》って逃げ出すことができたら、きっともう少し楽になれるのだろう。

学生時代だったら、うまくいかない彼氏とはもう少し簡単に別れることができた。働いていたらストレスになるアルバイトも、思い切って辞めることができた。

けれども歳を重ねるということは、簡単に捨てることができないものが少しずつ増えていくということだ。今の自分の状況を変えたほうが楽になれるかもしれないとは思いながらも、いざ変えてしまったときに起こりうるリスクが頭をよぎって、身動きが取れなくなっていく。

大きく息を吐きながら、私はエレベーターに乗り込んだ。

部屋に入ると、類は玄関脇の作業部屋ではなく、リビングで本を開いてじっとページに視線を落としていた。こちらに目を向けることさえしない。私のほうでも声を掛けることはせず、脇を素通りする。

手を洗ってから冷蔵庫を開く。冷凍の野菜や海鮮が残っていたはずだ。乾麺のパスタがあれば、一食くらいは作れるかもしれない。

深川めし、ゆばそば、手打ちラーメン。『おくのほそ道』の旅で食べているものに比べると、急にむなしい食事になった気がする。

「夜ごはん、もう食べた？」

確認をするように、私は類に声を向けた。

「そこにあるでしょ？」

「えっ？」

調理台の脇を見る。そこには、パスタが盛り付けられ、ラップがかかった状態のお皿が置かれている。

「もしかして、作ってくれたの？」

思わず漏れ出た声は、うわずっていた。

それにようやく、類が反応をする。

「あっ、うん……ちょっと作りすぎたから。美穂さんも食べると思って」

その返事に気分が華やいだ。

そういえば同居をはじめたばかりの頃は、こういうこともときどきあった気がする。お互いに時間が空いたほうが食事を作って、できるだけ一緒に食べるようにしていた。それに、そうしているときは、類もときどき研究の話をしてくれた。本当は大学院に進んでから就職したかったのに、それを断念して就職した私にとっては、そういう会話ができることが嬉しかった。

……今は、どうだろう。

類の研究のことはもちろん、私の仕事のことだって、もう何年も話していない。二人で暮らしているのに、お互いがお互いの日常を、ほとんど知らないまま過ごしている。もし仕事のことを話したら、相槌くらいは打ってくれるだろうか。

相談したいことを話したら、同居をはじめたばかりのときみたいに、私を正面から見て話を聞いてくれるだろうか。

「ねえ、もし私が今の仕事を辞めて、大学院に行きたいって言ったらどう思う？」

思いついた一言を、そのまま口に出す。自分でも驚くほど、自然に出てきた言葉だった。

返事を期待していたわけではなかったはずだ。それなのに、なかなか反応を返してくれない類に、思った以上にがっかりしている私がいた。

「あの……返事くらい、してくれてもいいんじゃないかな」

おそるおそる上目遣いに類を見て、絞り出すようにして声をあげる。

類は心ここにあらずといった様子で、ぼんやりと何か考え事をしている。こういうとき、類の頭の中ではいつも、ものすごい勢いで思考がめぐっている。脳の中からいろいろな情報を引き出して、それを言葉としてまとめている。

二分ほど経って、類はようやく口を開いた。

「うーん、美穂さんはやめたほうがいいんじゃないかな」

「そう……かな？」

「だって、美穂さんってわりと、他の人が書いた知識を前提にしてしゃべっちゃうことがあるでしょ？　大学院だと、そういう既存の知識を疑って、本当にそれが事実として適切なのかどうかを検証していかないといけないから。そういうところが苦手だと、研究っていうのは合わない気がする」

私は答えに窮した。類が言うことは、たしかに心当たりがないわけじゃない。でも、高校までの教育は、すでにある程度確定した知識を教えることになる。教師としてそれを生業《なりわい》にしている以上、既存の知識を学ぶことだって重要じゃないか。そうではない考えが大学院で必要なら、そういう考え方を学ぶことが、大学院で勉強するということではないのだろうか。

頭の中に言葉は浮かんでくるのだけれど、それが声になって出てこない。もどかしい。そうして私が黙ったまま、類が作ったパスタを電子レンジに入れていると、類は読んでいた本から目をあげて、もう一度口を開いた。

「それに、研究の考え方は、男性社会の中で作られているからね。女の人には、研究で求められているような分析として文章を読むことはできないと思うよ」

カチンときた。

男性が作った社会システムと研究の関係。一見、筋が通っているようなことを言っているけれど、論理としてはでたらめな気がする。今は女性の研究者だって増えているし、そういう研究者がやっている文学へのアプローチの仕方だってあるじゃないか。それに、男性が作ったやり方だからって、女性にはできないということはない。

類の悪い癖だ。思いつきで話すとき、ときどき急にこうして筋の通らないことを口に出す。今は大学もハラスメントに厳しくなっているというから、授業でこんな発言をしていたら、いつかセクハラやパワハラで訴えられるんじゃないだろうか。

「でも、それは……」

さすがに私は、反論しかけた。

けれども、私が口に出すよりも早く、類が話題を変える。

「学校の先生って、何年かに一度、別の学校に異動するでしょ？　今の職場がつらくて大学院に行きたいって考えているのなら、その程度の覚悟で入っちゃ駄目なところだよ。まずは異動願を出して、別の職場に移してもらうというほうが先じゃないかな。美穂さんみたいな甘い考えで大学院に来られたりしたら、指導する先生にも迷惑になるし。もっとちゃんとしないと」

ふだん仕事の話はほとんどしていないのに、妙に鋭い指摘だった。

甘い考え。そうじゃないのだ。私だって本当は、大学四年生のときに進学したいと思っていた。高校の教員になるにしても、せめてもう少し勉強してからなりたいと思っていたのだ。それが、実家のことや金銭的なこと、いろいろな理由があって叶わなかった。そういう、心の中にわだかまっていた気持ちをちょっと口に出したくらいで、どうしてそこまで言われないといけないのだろう。

電子レンジが、ピーッピーッと音を立てている。機械の隙間から、オリーブオイルのにおいがこぼれてきている。そのにおいが鼻腔に広がった瞬間、類の言葉に締め付けられた胃が吐き気を訴えてきた。気持ちが悪い。類が作ったものを口にしてしまったら、つい今しがた類が見せた毒気が、そのまま私の体に入ってくるような気がする。

私は電子レンジに水蒸気がこもらないようにパスタの入った皿を外に出すと、もう一度さっきあった調理台の脇において、ふらふらとベッドに向かった。

「あれ？　食べないの？　ベッドにはいるなら、せめて外で着ていた服を着替えてからにしてほしいんだけど」

類の言葉が、トゲを含む。

その言葉を聞き流して、そのまま倒れ込むようにしてベッドに横たわった。

「美穂さん！　だらしないよ」

枕に押し当てた耳に、類の声がくぐもったような響きで届く。

どうしてこんなことになったのだろう。

類には類の考えがある。類には類の生き方がある。それはわかる。

でも、どうして私だけが一方的に、それに耐えていなければいけないのか。自分が借りている家なのに類のために音を立てないようにこそこそと過ごし、無自覚のうちに攻撃的になっていく類の言葉を浴びる。いつの間に私たちは、こんな関係になったのだろう。

『おくのほそ道』の旅で仙台を訪れる直前に芭蕉と曾良が見た武隈の松は、一本の松が根元から二つの幹にわかれて伸びているのだという。私と類の関係も、ここ数年はまるでその松の幹みたいに交わることがなくなってしまっている。

せめて涙を流して嗚咽しながら、いい加減にしてほしいと、類に訴えかけることができれば良かったのかもしれない。それができたら、どれほど楽になれただろう。

それなのに、たったそれだけのことができずにいる。

7　松島

仙台空港には、朝の七時前に家を出て飛行機に乗れば、九時過ぎには着くことができる。

毎週末の旅の移動は、今まで新幹線が中心だった。けれどもここから先は飛行機を使うことを基本にしないと、一泊二日の旅を続けるのはかなり難しくなってくる。

飛行時間は約一時間。飛び立ったと思ったら、客室で出されたコーヒーの一杯でも飲んでいるとすぐに地上に降りてしまう。なんだか拍子抜けしたような気分で空港に降り立ち、仙台駅に向かった。

前日の金曜日、空からメッセージが入っていた。

――今回は、現地集合にしてほしいんだけど、いい？

空は仙台に住んでいる。松島ならほとんど地元だから、自宅から直接向かったほうが近いのだろう。それで、この日は空の希望に添って現地で落ち合うことになった。

仙台で電車を乗り換え、仙石線で北東に向かう。松島海岸《まつしまかいがん》の駅に着いたときには、すでに十一時近くになっていた。

駅舎を背にして立つと、正面に松島公園が広がっていた。

公園に入って右に曲がり、南のほうに向かう。五分くらい歩いたところに渡月橋《とげつきよう》という朱に塗られた橋があって、そこから芭蕉が訪れたという雄島《おしま》に渡ることができる。

この橋のたもとを、待ち合わせの場所にした。

今回は白河のときみたいに、長い時間をかけて自転車で移動するということもなさそうだ。あのときは次の月曜日からひどい筋肉痛に襲われていたので、私は少しホッとしていた。

上空がどんよりとして、蒸し暑い日だった。

私が住んでいる大垣のあたりには少し前から秋雨前線が下りてきているので、北に向かえば湿気から解放されるのではないかとも思っていた。そんなささやかな期待は、空港に降り立った瞬間に叶わぬものとなっていた。

それでもこの一週間もまた、類とのやりとりや学校で起きたいざこざで、ずっと憂鬱な毎日を過ごしていたのだ。そんな毎日に比べれば、職場や家から二日間距離を取ることができるというだけで、私の心は軽くなる。

ヨットハーバーを脇目に公園の中に進み、かつて水族館があったという場所の前を通り過ぎる。しばらく歩くと、土を固めて作られた階段のところに、「雄島入口」という看板が立っていた。

階段を昇り、岩を細く刳《く》り抜いたような通路を抜ける。やがて、海に沿ったやっと人が一人通れるくらい細い道の向こうに、鮮やかな朱色に塗られた橋が見えてくる。

そのちょうど真ん中のところに、空の姿があった。

大きな声を出して呼びかけようと、すうっと息を吸った直後、私は声を乗せずに息だけを吐き出した。

空は左手にノート状のものを抱え、じっと海のほうを見ながら手元を動かしている。遠目からでも、その眼差しが真剣であることがわかった。

邪魔をしないように足を忍ばせて、空に近づいていく。

けれども、こちらから空の姿が見えているということは、空のほうからも丸見えだということだ。

「美穂、何やってんのー?」

先に大声で呼び掛けられたのは、私のほうだった。

こそこそしていたのが申し訳ないような気分になって、へつらうような笑みを浮かべながら、私は小走りに橋のほうに駆け寄った。

「ごめん、邪魔したかな」

「いいよ、気にしないで。思ったより早かったね」

「飛行機を使ったら、あっという間だった。チケットがうまく残っていれば片道一万円ちょっとだから、新幹線よりだいぶお得だし」

「そんなに安いんだ⁉」

空は今でも、飛行機というのは高いものだというイメージを持っていたらしい。たしかに、勤め先の修学旅行で沖縄や北海道に行くときにＬＣＣを使うようになる前は、私も同じように思っていた。

「何してたの？」

「ああ、これ？」

空の視線に合わせて、私も彼女の手元を見た。そのときようやく、彼女の胸元に抱えられているのが、スケッチブックであることに気が付いた。それで、空が返事をするよりも先に、

「あっ、そっか……空って、高校のときもよく絵を描いてたよね！」と、声をあげていた。

そういえば俳句甲子園のために松山に行ったときも、空は熱心に道後温泉本館の絵を描いていたような記憶がある。

「見てもいい？」

「うーん……ちゃんと勉強したわけじゃないから、うまくはないんだけどね」

空は少しだけ気恥ずかしそうに、目を伏せた。それでも、さっきまで描いていたページを開いたままの状態で、スケッチブックをくるりと回して、私のほうにそっと差し向けた。

息を呑んだ。

私は言葉も出せないまま、静かに、スケッチブックに描かれた絵に引き込まれてページを捲っていく。

繁華街。欅並木。植物園。神社。岩と岩とが重なりあう小さな河岸。仙台の街並みだ。窓から見える景色は、空の自宅から描いたものだろうか。

鉛筆で、細い線を何本も重ねるようにして、風景が描かれている。繊細な絵だ。その中の何枚かは、水彩絵の具で色が塗られている。

画家や芸術家の人たちが描くような、迫力のあるものではない。どちらかというと素朴で、絵本の挿絵の背景あたりに使われていそうな感じがする。けれども、そのことがかえって、私の心を打った。

「うわ……すごい！」

思わず声に出す。空を見ると、私から顔を背けていた。

私は声を弾ませて、

「これ、スマホで撮っていい？」と、訊ねた。

「ダメ！　それはさすがに恥ずかしい」

「えーっ、いいじゃん。減るもんじゃないし」

「いや、なんか誰かに撮られたら減る気がする」

「……なにが？」

「いや、わかんないけど」

顔を真っ赤にしながら笑っている空に、あんまりしつこくせがむのも悪い気がした。けれども、

「他の人に見せないなら……一枚だけ」と、遠慮がちに小声で言う空の様子は、高校生だったときにも見たことのないものだった。

私は見開きの両方に絵が描かれたページを選び、スマホのカメラで撮影をする。カシャッという乾いたシャッター音が響くと、

「あーっ、やっぱり消してー！」と、空は懇願するように私に言った。

生徒にもときどきこういうタイプがいる。自由課題のノートやプリントを提出させようとすると、恥ずかしがって嫌がるというタイプ。

生徒によると、字が下手だったりとか、落書きをしているのを見られるのが嫌だとい

うわけではないらしい。自分で書いた文字や絵を見られるとき、まるで自分の心の中を見られているような気がするのだという。もしかすると空も、それに近い感覚を持っているのだろうか。

画像を保存してからも、私はパラパラとスケッチブックを捲っていく。やがて、日光の風景と、白河の関に行く途中に自転車で脇を通り過ぎた小さな神社が描かれている絵が目に留まった。自転車で空を追いかけはじめてから、しばらくして左手に現れた大きな工場の、ちょうど向かい側にあったところだ。

――ゴメンゴメン。今日はまるで、ウサギとカメだったね。

空は塩原温泉で一緒に食事をしたときに、そう言っていた。つまり、空が神社でこの絵を描いているときに、私が気付かずに通り過ぎてしまったということだろう。

日光の風景は、東照宮に入るときに最初に昇る石段だった。ホテルの部屋を抜け出した夜に描いたため、中に入ることができなかったらしい。

そして今日、現地待ち合わせにしてほしいと言ってきたのも、絵を描きたかったからではないだろうか。

空がときどき目の前からふっといなくなる理由がわかって、ホッとした気持ちでいた。けれども一方で、絵を描きたいんだったらそう言ってくれれば良かったのにと、水くささを感じてもいた。

私たちは渡月橋をわたって雄島に上陸し、道なりに進んだ。

東側に目を向けると、海に浮かぶ無数の島々と、福浦橋《ふくうらばし》が目に入ってくる。風光明媚な場所として知られているのでたしかにみごとな景色なのだけれど、私が惹かれたのは島のあちらこちらに点在している岩窟のほうだった。

巨大な岩が削られて石室《せきしつ》のようになっていて、それぞれの部屋には法名が掘られた石碑や卒塔婆《そとば》、五輪の塔、仏像などが置かれている。石碑に近づくと、さっきまで周りを覆っていた湿気が嘘みたいにふわりと途絶え、冷たい空気が露出した皮膚を刺すように体を包んだ。

この岩窟の一つ一つが、かつて僧たちの修行した場所なのだという。もともとこの島には、見仏上人《けんぶつしょうにん》という人が十二年間、島から一歩も出ずに数多くの奇蹟を起こしたという伝説があった。それ以来、修行のための島として数多くの僧たちがこの島を訪れ、仏像や石碑を彫り続けた。

中でも、頼賢《らいけん》という僧は、島の南端にこもって、二十二年間ものあいだ法華経を唱え続けたのだという。

「『松島やああ松島や松島や』……だっけ？　芭蕉が詠んだ句っていうの」

岩窟の中を覗き込みながら、空が声だけを私に向けた。

「ああ、それ……ウソらしいよ」

「えっ？　そうなん⁉」

「その句はもともと、江戸時代の狂歌師だった田原坊《たわらぼう》っていう人が、『松嶋やさてまつしまや松嶋や』って詠んだのが、間違って伝わったんだって」

狂歌とは、五・七・五・七・七の和歌のリズムで、おかしみや社会風刺、皮肉などを詠むジャンルだ。内容としては、むしろ現代の川柳に近い。江戸時代の終わりに流行したことで、それを生業にしている人たちが狂歌師と呼ばれていた。私は空に、そう説明した。

「ぜんぜん違うじゃん！」

そう言いながら、空はスマートフォンを取り出して、何か書き込んでいる。今のやりとりを、またSNSに投稿しているのだろうか。

「『おくのほそ道』では、松島で芭蕉は一つも句を詠んでないから。感動のあまりに句が作れなかったって思われたんじゃないかな。『旅立ち』のところでも、『松島の月まず心にかかりて』って言ってたから、『おくのほそ道』の旅でいちばん来たかった場所の一つだったことは間違いないと思うんだけど」

そう言いながら、私はバッグの中に入っていた文庫本を取り出した。

松の木陰《こかげ》に世をいとふ人もまれまれ見えはべりて、落穂《おちぼ》・松笠《まつかさ》などうち煙りたる草の庵、閑かに住みなし、いかなる人とは知られずながら、まづなつかしく立ち寄るほどに、月、海に映りて、昼の眺めまた改む。

私の目についたのは「雄島」について書かれた部分だった。

世の中を煩わしく思って、島に庵を建てて隠遁生活をしている人の姿が、松の木陰に何人か見える。落穂や松笠を集めて炊いて食料にしているような、みすぼらしい草の庵の静かな暮らしで、どのように生きてきて、ここにたどり着いた人たちなのかはわからない。それでも、やっぱり心惹かれるものがあって立ち寄っているうちに、月が海面に映って、昼とはまたまったく異なった美しい景色となった。

芭蕉がこの雄島を訪れた時代には、この岩穴に隠れ住んでいる人が何人かいたらしい。「世をいとふ」というから、修行者だろうか。彼らが炊いている松の落ち葉や松ぼっくりから煙が立ち上っていたという。

夜の雄島から見える海の水面には月が映し出され、昼間とは違う顔を見せていたそうだ。

今夜、私たちは海岸沿いの松島温泉に宿を取っている。ここから十分くらいだから、夜になったらまた来てみようか。もしかすると、空も夜の風景を描くために、またここに来たいと言うかもしれない。

私たちは雄島を出て松島海岸の駅前にある赤間《あかま》精肉店に向かった。席が三つしかない小さな店だ。並ぶことも覚悟したけれど、ちょうどお客さんの入れ替わりに当たってすんなりと入ることができた。

松島の旅館や飲食店にお肉を卸している精肉店が、直営でやっているところらしい。仙台市内の牛タンのお店はすでに焼いたものを出すところが多いけれど、ここは自分で焼くことができる焼肉店スタイル。まずはそこに惹かれる。ランチは牛タン定食、タントロ定食、そして、牛タン、味噌豚ハラミ、塩豚ハラミがセットになっているAセット定食の三種類。それに、単品でお肉を足すこともできる。

「Aセットがあるのに、Bセットはないのか……」

空は考え込むように眉間に皺を寄せて、メニューをじっと見ながら呟いた。深夜に放送している、中年のおじさんが一人で飲食店に入ってひたすらご飯を食べるドラマの真似をしているらしい。

私たちは、タントロ定食とAセット定食を頼んで、お肉を二人でシェアすることにした。

「牛タン一本から一、二枚しか取れないって言われると、やっぱりタントロは気にならない？」

私が言うと、空は、

「美味しいお肉をめぐって戦争になるパターンだね……私、負けないから」と、不敵な笑みを浮かべた。

炭が入った七輪が届く。生のお肉が載ったお皿がやってくる。メニューの写真よりお肉の量が多い。しかも、厚い。これは、良いだまし討ちだ。

「タントロは味が付いているので、両面を焼いて、ちょっと焦げ目が付くくらいが良いですよ」

女性の店員さんに言われて、私と空は二人で同時に真剣なまなざしで頷く。網が汚れる前に、タントロ。きれいな刺しが入っている。焼いているあいだに、とろろをご飯にかける。麦入りのご飯を少し口に含むと、東北に来たことを実感する。お米が美味しい。

タントロを育成。そろそろだろうか。

箸で摑む。牛タンだと思って少し強めに歯で嚙んだ瞬間、驚いた。予想外にサクッと切れて、じわりと肉汁が口の中に染み出してくる。そしてタン独特の食感があったかと思うと、いつの間にか口の中で溶けている。本当にお肉がなくなって、口の中にうま味だけが残っているような感覚なのだ。

「もう、勝利確定！」

空が言った。ちょっと早いけれど、間違いない。チェーン店の牛タンをもう食べられなくなるんじゃないかと不安になるくらいの味に満足して、今日の宿に向かった。

海岸沿いに立つ温泉宿の大浴場は、扉を開くと一面に松島の海が見えた。泊まるのが満月の日に当たると、月の光が海面に乱反射して、ぼんやりと周囲の島々を照らし出すそうだ。残念ながらこの日は満月ではなかったけれど、浜辺の建物から漏れてくる光と星あかりとで照らされた夜の海は、それだけでも十分に魅力的に見えた。

空は基本的に烏《からす》の行水で、私は長いあいだ湯船に浸かっていたいタイプ。だから、空を先に部屋に帰して、一時間くらい海をぼんやり眺めながら長風呂をしていた。

血行が良くなると、少しずつ頭が回りはじめた。この一週間くらい降り積もっていたモヤモヤした感情が、だんだんと整理されていく。

類と同居生活を続けていくのは、私にとって、マイナスにしかならないのではないだろうか。大学院に行くかどうかはともかく、いっそ教員を辞めてしまって別の仕事に就いたほうが、少なくとも今よりは充実した日々が送れるのではないだろうか。

一人になってぼんやりと日々の生活を振り返ってみると、だんだんとそうした思いに駆られていく。けれども私にはどうしても、この二つを自分から切り離す決断ができずにいた。まるで自ら望んで、自分自身を縛り付けているように思える。

お風呂から部屋に戻ると、空は手前のほうにあるベッドの上に寝そべってスマホをいじっていた。

「ただいまー」と空に声だけを向けて、私は部屋の奥に進んだ。

「SNSでも見てるの？」

私が訊ねると、空はスマホの画面に目を向けたまま、

「うん、まあね」と言葉少なに答えた。

沈黙が落ちる。私もバッグの中からスマホを取り出しながら、

「今日は外に行かないの？」と、声だけを空に向けた。

空はチラリとこちらに目を向けてから、

「毎日行くわけじゃないよ」と、眉根を寄せて答えた。

「芭蕉が雄島に来たのも夜だったみたいだし、今は街頭のあかりがあるから絵も描けるんじゃない」

「気が乗らないと、そういうのって無理じゃない。勉強でもあったでしょ？　親から勉強しなさいって言われると、かえって勉強したくなくなる……みたいな」

「なるほど、絵も一緒なんだ」

「そういうものじゃないかな」

ぼんやりと漏らすように言って、空はふたたびスマホに視線を戻した。

たしかに、空が言うこともわかる気がする。

自分の教え子にも同じようなことを言っている生徒は多い。それに、実家に住んでいたときの私にも似たようなことはあった。

そのことを思い出しながら、私は少しだけ反省をして、しばらくのあいだ黙っていた。

静かな時間が流れた。

お互いに口を開かず、黙々と手を動かしている。

自分の部屋に類と二人でいるときなら、こういう時間を過ごすことは、当たり前の日常になっている。それなのに空と一緒にいるときに同じようにしていることができないのは、まだ私が空との旅に慣れていないからだろうか。あるいは、高校生だったときから空と会わないでいた時間が長かったせいで、まだ彼女の空気感に馴染んでいないせいなのだろうか。

理由はよくわからなかったけれど、今日はなんだか沈黙が居心地悪いように感じた。

「……ねえ、空」

黙っていることに耐えきれず、空にふたたび声を掛けた。

「ん？　どうかした？」

空はようやく私のほうに視線を向けて返事をした。その声を聞いて、私は躊躇した。別に何か、訊きたいことがあったわけではないのだ。ただなんとなく、他愛のないおしゃべりができればそれで良かった。

さっき生徒のことを考えていたせいか、ふと、

「今の仕事って、どう？」と、訊いてしまう。

「どうって……別にふつうだけど」

深く考えて問いかけたわけではなかったので、空の反応に私のほうが困ってしまった。それで、

「それはわかってるんだけど。ほら、もうちょっと詳しく知りたいじゃない。どんな仕事内容なのかとか、どれくらい忙しいのかとか今の仕事楽しいのかとか……」と、思いついたまま口に出した。

「ああ……」

空は生返事をして、そのままふたたび黙り込んでしまった。

今までも何度か、同じようなことがあった。あまりプライベートなことは、知られたくないのだろうか。

だったら、無理に話さなくてもいいよ。私、そんなに気にしてないから。お互いに、あまり知られたくないことだってあるじゃない。

そう言いかけた瞬間だった。

「なんだっていいでしょ。私のことなんて」

空は急にスマホを放り投げて、ベッドに突っ伏した。

その投げやりな態度に、私はイラっとした。

考えてみれば、おかしな話だ。

私と空は、高校一年生のときに半年にも満たない期間だけ同じ部活にいて、一緒に俳句甲子園に出ただけだ。それから約十四年、話したことはもちろん連絡を取ることすらなかった。本当にたまたまSNSで再会して、週末ごとに一緒に旅をするようになった。たったそれだけの関係。

だから空にしてみれば、私の問いかけをまともに受け取る必要なんてなかった。

それでも私が苛立ったのは、空の態度が、ふだんの類との会話を思い出させたからなのかもしれない。あるいは、いつも類とこうしてコミュニケーションが取れないことを我慢しているために、空が相手だったから気が緩んでいたのかもしれない。

「なによ、その態度。ふて腐れなくたっていいでしょ?」

苛立ちに任せて、私は頭に浮かんだ言葉をそのまま、語気を強めて吐き出してしまう。

「関係ないよ、美穂には」

「そんな言い方しないでよ。せっかく、こうして一緒に旅してるんだし」

はーっと音が聞こえるくらい、空は深々と溜息を吐いた。

「いいよね、美穂は。安定した仕事に就いてて、ちゃんと彼氏もいて、人生順風満帆って感じだもん」

「はあっ⁉」

「だから他人のことなんて心配してないで、自分の人生を楽しめば良いじゃん。こんなふうに毎週呑気に旅行してさ」

「空だってしてるじゃない！」

「私は、美穂が旅をしたいっていうから、付き合ってるだけ」

「なによ、それ！　イヤイヤ一緒に来てたっていうの？」

私たちの口論は、どんどんエスカレートしていった。

売り言葉に買い言葉。だから、どこまで本気なのかわからない。

けれども、こうして不意に出た言葉は、どうも相手の本心を吐露したものなのではないかと思えてしまう。

そんなつもりで、毎週私に付き合ってきたの？

私のことなんて、何も知らないくせに。私が類のことや、生徒たちとのことで、毎日ボロボロになっているなんて想像したこともないくせに。教師で彼氏持ちなんて、表面だけ取り繕ったハリボテに過ぎないのに。

けれども湧き上がってきた感情は、さっきまでの苛立ちとは違っていた。怒りでもない。悔しいわけでもないし、悲しいわけでもない。

寂しかった。

押しつぶされそうな毎日の中で、やっと、週に一度、私が一緒にいてホッとできる相手をみつけたつもりだったのだ。くだらないことを話したり、食事をしたり、お風呂に入ったり、そんな本当にちっぽけなことが、楽しいと感じられるということを、思い出させてくれたのが空だったのだ。

その空が、私に嫌々ながらに付き合って、無理をして旅をしてきたのか。

そう思った瞬間、胸が締め付けられた。

叫び出したくなるような衝動が湧いてきて、私はその感情に流されるまま声を張りあげた。

「だったら、もういいよ。今日でこの旅は終わり。それでいいでしょ?」

……空は、この言葉に答えなかった。

何も言わず、目をつむって、ふうと一つ息を吐いた。

そして、

「……じゃあね」と、一言だけ言って手早く服を着替えて荷物をまとめ、ベッドの脇にあったバッグを乱暴に肩に担ぐと、そのまま部屋を出ていった。

時間は午後八時を少し過ぎたところ。駅までは歩いて十五分くらいだ。まだ電車はある。

だからだろうか。

その日、空はそれきり戻ってこなかった。

広いツインの部屋に取り残された私は、何度も鼻を啜りながら、薄明るい部屋のベッドにずっと横たわっていた。

これじゃあ、類のときと同じだ。


空が使うはずだったベッドの枕元にスマホが置き去りにされていることに気が付いたのは、翌朝、宿を出ようとしたときのことだった。口論になった勢いに任せて出ていってしまったので、直前まで手元でいじっていたのをそのまま忘れていってしまったのだろう。

どうしよう。

SNSと携帯電話の番号くらいしか、空の連絡先を知らなかった。せめて住所くらいは聞いておけば良かったのだ。

パソコンか何かでSNSを見てくれていると良いんだけれど。そう思って、ひどく緊張しながら自分のスマホでSNSを開いて、打ち込んだ。

──スマホ、ホテルに忘れてるけど、どうする？

喧嘩をしてから、まだ十二時間くらいしか経っていない。その上、まだ謝ることさえできていない。

ゴクリと唾を飲み、自分のスマホを操作する。メッセージを送った直後、テーブルの上に置いたままになっていた空のスマホがブーンと音を立てて震えた。返事はない。

明日は仕事があるから、日曜日の今日のうちに家に帰らないといけない。仙台空港を二十時二十分に飛び立つフライトのチケットを取ってある。

何度も深く呼吸をした。落ち着け、落ち着け。内心で自分に言い聞かせる。

空は仙台のマンションに住んでいると言っていた。だったら、ここからすぐ近くだ。昨日、宿に戻ってこなかったのは、自分の家に帰ったからだろう。だったら、ホテルに空のスマホを預けておけば良いだろうか。……いや、手渡しで返さなければいけない気がする。マンションの場所がわかれば、スマホを渡すことはできる。もしかしたら、スマホの中に、空の居場所を突き止めるヒントがあるのではないだろうか。けれども、勝手にスマホを覗くのも申し訳ない。

どうしたものかと考えあぐねながら、ひとまず今日のうちに松島にある瑞巌寺《ずいがんじ》に寄ってから石巻《いしのまき》に向かうというルートを諦めた。

宿から五分くらい歩いたところに松華堂《しょうかどう》菓子店というお店がある。お菓子の販売だけでなくカフェもやっているらしい。もし空から連絡があったら電話してほしいとホテルのフロントに伝えて、十時の開店と同時に席を確保した。あとはカステラとコーヒーのセットを注文して、空からの返事をひたすら待った。

有名店なので、次々と周囲のお客さんが入れ替わっていく。その様子や、窓から見える景色を眺めながら、こんなことなら仕事用のパソコンを持ってくれば良かったと後悔した。授業で使うプリントでも作っていれば、少しは気が紛れたかもしれない。

十二時を過ぎても、空からの連絡はなかった。ホテルに電話もしてみたけれど、やはり連絡が来たようなことはなかったらしい。

スマホを忘れたことに気付いていない、ということはないだろう。

私とは、もうやりとりなんてしたくないということだろうか。

店で過ごしていると、だんだんとマイナス思考になっていく。人気店の座席を一つ独占していることが、なんだか悪いことをしているような気持ちになってくる。

私はふたたび、空のスマホを取り出した。

かすかに震える手で、空のスマホを操作する。

幸いというべきか、暗証番号や顔認証、指紋認証は設定されていなかった。スリープ状態を解除すると、すぐにホーム画面が立ち上がる。

……これはセキュリティ面でどうなんだろう。

内心でツッコミを入れると、いつものペースを取り戻した気がして、ようやく少しだけ気分が落ち着いた。勤め先の生徒が落としたスマホを拾ったときにも、こんなふうに簡単に立ち上げることができて、ひどく驚かされたことがある。

手がかりになりそうなのは、メール、電話帳、SNSのアカウント。空がネット通販で買い物をしたことがあれば、住所のデータが入っているはずだ。フリーメールのアドレスに、情報が紐づけられているかもしれない。

罪悪感を覚えながら、データを順番に確認していった。

まずはメールを確認したけれど、これはあまり使っていないらしい。そこで、電話帳に登録されている電話番号の中からそれらしいものを探す。「川谷」という名字の男女の名前を見つけた。空の両親や親族かもしれない。そう思って電話してみたけれど、現在では使われていない番号だというアナウンスが流れた。飲食店で働いていると言っていたから、せめて職場がわかればそこに連絡を取ればいい。

居酒屋らしい番号ならあった。でも、空はよく飲み歩いていると言っていたから、単に予約電話をかけただけの可能性が高いだろうか。

どこから電話してみようかと迷っているうち、ふと思い立って、いつも空とやりとりしているSNSのアプリを開いた。

——はじめてみた。

——……うーん、何を書き込めば良いんだろう。

——今の俳句甲子園、準決勝チーム決めるとこまで投句審査だけなんだ⁉　質疑応答がないと一発逆転が狙えないからキツいよねー。

——日光、来て良かった。

——友だちを待たせちゃった。悪いことしちゃったなあ。

SNSをはじめた初日の書き込み。

国語教育関係の人がみかけて拡散し、たまたま私の目に入ってきた書き込み。

あとは書き込んだ日付から、日光と白河に、私と一緒に行った日のものだとわかる。

それ以外は何気ない日常を書き込んでいるだけで、空の居場所を突き止めるヒントになりそうな情報はなかった。

いつもやりとりしているメッセージ機能のアイコンをタップしてみる。

——今回は、現地集合にしてほしいんだけど、いい？

——じゃあ、明日は渡月橋？

——オッケー。ごめんね。

——いいよ、そのほうが楽だし。

——じゃあ、またあした。

私とのやりとりが、画面に映し出される。ここに空の居場所がわかる情報があるわけがない。でも、他のアカウントとやりとりしているのがわかれば、その人から空に連絡をとってもらうこともできるかもしれない。

このところ比較的多くのメッセージをやりとりしているのは、「ぶん」、というアカウントらしかった。書き込みを見ると、どうやら高校生……もしかすると、中学生くらいだろうか。私もSNSではふとしたきっかけで知らない人とやりとりすることもあるから、趣味かなにかでつながったのかもしれない。

他にも、飲み仲間らしい人のアカウントと、いくつかメッセージのやりとりがある。この人たちなら、もしかすると空にスマートフォンを返すことくらいはできるだろうか。

そのことがわかって、私は少しホッとしながらSNSを閉じ、画像の保存データが入っているフォルダをタップした。空が住んでいる場所が写っているかもしれない。他の誰かに頼らなくても、自分で空の居場所を探すことができる可能性もある。

けれども、画像を眺めているうち、空のスマートフォンを勝手に覗き見していることへの罪悪感が勝ってきた。

私の知らない空が、そこにいた。

居酒屋で空と一緒にお酒を飲んでいるらしい、知らない人たち。

知らない景色。その中に佇んでいる、私の知らない女の子。これは古い画像だ。

そして、空が描いたいくつもの絵。私のスマホで撮られるのは嫌がっていたけれど、自分では画像にして残しているらしい。

新しいスマホに換えても写真データはずっと引き継いできたのだろう。

その中に、平成二十三年に起きた震災直後の風景が、いくつもある。それを見て、私の胸は締め付けられた。仙台に住んでいたのだとしたら、空もきっと被害を受けたに違いない。

その写真を撮っている空は、私が高校生のときからついこのあいだまで、まったく会わずにいたあいだの彼女だった。

空には、空の生活がある。

十四年ものあいだやりとりすらしていなかった私が、毎週末、彼女の時間をもらって一緒に旅をするなんて、とんでもなく厚かましいことではなかったか。空はもしかすると、本当は別にやりたいことがあるのに、それを我慢して付き合ってくれていたのではなかったのか。

……やっぱり、二人での旅はもうやめよう。

類との関係や職場のことで日常から逃避するなんて、自分一人でやれば良かったのだ。

溜息を吐きながらスマホの画面を閉じようとした。そのときふと、一枚の写真が目に留まった。

それは、週末の旅をはじめた最初の日、深川で撮られた写真だった。私が写っている。それからあとの日付を追っていくと、空の日常の中に割り込むようにして、私たちの旅の様子が収められている。その中に、私の姿がいくつもあった。いつの間に、撮られたのだろう。まったく気が付かなかった。そして、写真の存在以上に驚いたのは、私の表情だった。

笑っている。

……こんな表情を、私はできたのか。

仕事中の私。職場で笑ったことなんて、ここ数年一度もなかった。いつも眉間に皺を寄せて、キツい口調で生徒に話しかけて、そうでないときも、淡々と相手の言葉に受け答えすることに終始している。

類といるときの私。特にここ三年くらいは、苛立ちと諦念以外の感情を、類に対して抱くことはなくなっていた。心が動くと疲弊するので、できるだけ感情の波が立たないように、私は自分を殺していた。

一人でいるときの私もそうだ。

職場以外の教員の知り合いと過ごすとき。大学時代の友だちと過ごすとき。そういうときは、笑っていたこともあったような気がする。けれども、どこか日常のことが頭の片隅に残っていて、心の底から解放されたという気持ちにはなれていなかった。

そんな私。もう何年も、自分を殺してきた私。

それなのに空と一緒に旅をしているときの写真は、本当に楽しそうに笑っていたのだ。

日常のしがらみから解き放たれて、たとえ土曜と日曜の二日間だけでも、私は私を取り戻していた。

そして、私はみつけた。

その中に、たった一枚。空が、自分の姿を写した画像だ。

日付は、昨日だった。雄島での写真。空が、自分の姿を自撮りしたらしい。

奥のほうには、私が写り込んでいる。その手前、画像の右側にいる空。

その空も、私と同じように笑っていた。それは、いつも私と接しているときにはあまり見せたことがない、どこか照れ臭そうな笑みだった。

その写真を見た瞬間、私は空のスマホを閉じた。

そして、荷物を慌ただしくまとめると、テーブルの上に置いたままになっていた伝票を手に取って、駆け出すように店の外に出た。

私は空を、自分で探し出さなければいけない。

松島海岸の駅に着くと、ちょうど十二時十分発の仙台に向かう電車がホームに近づいてきたところだった。

駆け込むようにして車内に入り、座席に座る。

空にはSNSでメッセージを入れておいた。SNSのメッセージなら、ほかの端末でアクセスできれば、空が読めるかもしれない。

——仙台に向かうね。

仙台までは、およそ四十分。そのあいだに、少しでも手がかりを探る。

さっき松華堂菓子店で画像を眺めていたときにみつけたのは、欅並木の写真だった。日付は昨日の朝になっていた。

どこかで、見覚えがある気がする。そう思って自分のスマホを立ち上げる。撮影させてもらった、空が描いた絵だ。

両方を見比べる。間違いない。同じ景色。

もう一度、空のスマホを開く。古い写真を順番に開いていく。

植物園。神社。塔が建っているお寺。岩と岩とが重なりあった峡谷。国分町《こくぶんちょう》の看板。

国分町だ。空は、仙台にある繁華街の、国分町の近くに住んでいる。

……とはいえ、どうしたものか。

手がかりは、空が撮った写真と、空が描いた絵の画像だ。仙台市の人口は、およそ百十万人。その中から、たった一人の人間を探し出す。そんなこと、できるのだろうか。

けれども、私に迷いはなかった。

私は他の誰かに頼らず、自分の力で空を探さないといけない。

このスマホを返して、昨夜の出来事について謝らないといけない。

そして、もう一度私と一緒に旅をしてくださいと、空にお願いしないといけない。

これは、エゴだ。私が私を取り戻す旅。息が詰まるような日常から抜け出して、高校生だったときと同じ私に戻る旅。そのためには、どうしても空が必要なように思えた。

空にしてみれば、迷惑なのかもしれない。

でも、私はみつけた。

たった一枚、雄島で自分の姿を写した空。

そのときの彼女の表情は、嫌々ながらに私の旅に付き合っているものではなかった。きっと空も、私と一緒に旅を続けることを楽しんでくれていた。

その、ほんの少しうかがわせた表情に、私は賭けることにした。

写真にあったヒントは、居酒屋。特に、複数の人が写っている店。もしかしたらこの中のお店に、空の居場所や連絡先を知っている人がいるかもしれない。お店の人は知らなくても、空が撮った写真の中に写っている人につなげてもらうことができるかもしれない。

まずは、国分町の居酒屋を検索する。グルメ口コミサイトでみつかったのが、二五六軒。これくらいなら、気合いを入れればぜんぶの店をチェックできる。ネットに載せられている店内風景の写真を、空が撮ったものと見比べて照合する。そして、空が行ったことがある店を探して、順番にたどっていく。

本当は、もっと効率的な探し方があったのかもしれない。もっとよく探せば、スマホの中に空についての情報があったのかもしれない。

けれども私は、他のやり方を考えることさえもしなくなっていた。

空が残してくれたヒントで、彼女の居場所を探さなければならない。そして、私の手で直接、このスマホを返さなければならない。なぜかはわからないけれど、そんな使命感を抱いていた。

空振りの店を回ること、五軒。ランチ営業の合間を縫って訊ねてみると、どの店の人たちも画像に映っているのはたしかに自分のところだという。けれども、空のことは知らないそうだ。当たり前だ。よほどの常連でもなければ、顔を覚えているはずがない。

ランチの時間帯が終わったので居酒屋を回るのはいったん諦めて、定禅寺《じょうぜんじ》通り沿いにあった喫茶店に入った。ビルの二階にあるのに穴蔵のような内装で、薄暗い照明に照らされた不思議な雰囲気の店だった。窓際にある木製のテーブルに座ると、大きな窓から欅並木が見えた。その席が気に入ったので、夕方の時間まで一人で作戦会議をすることにした。

途中のコンビニでプリントアウトしてきたこのあたりの地図に、空のスマホに入っていた画像に写っているところであろう店をマッピングしていく。どうやら、定禅寺通りの南側にある歓楽街よりは、北側のほうにある店を多く使っているらしい。この方角に、空の住まいがあるのだろうか。

そのエリアを重点的に攻めていくことを決めて、夕方の開店時間まで待つことにした。やることもないままぼんやりと欅並木を眺める。

この街で空は、どんな暮らしをしているのだろう。私に彼氏がいることをうらやましがっていたから、一人でここに住んでいるのだろうか。震災のときは、大丈夫だったんだろうか。

そんな想いが次々に、浮かんでは消えていった。

8　あやめふく日

部員は四人しか集まらなかった。

全員が、図書委員。映画を見て、俳句を詠む文芸部を作りたいと私が騒いでいたときに、委員会で同じ学年にいた女の子たちが付き合ってくれた。

高校に入学するときは、まるで世界そのものががらりと変わるような期待感があった。中学までの閉塞感のある生活から脱出して、もっと自分の好きなことをしたい。帰り道にカフェに寄って友だちとおしゃべりしたり、好きな相手ができて恋愛をしたり。中学まで真面目なキャラで通してきた私にも、そんな未来があるんじゃないかと夢想していた。

けれども、現実はそんなに甘くなかった。

念願の私立高校に入学してから待っていたのは、平凡な毎日。朝起きて、学校に行って、授業を受ける。中学ではバレー部にいたけれど、身長が低くてレギュラーにはなれなかった。そんな人間が高校のバレー部に入れるはずもなく、見学だけで終わってしまった。

それでも最初のうちは、中高一貫のこの学校に自分と同じように高校から入学してきて部活に入らなかったクラスメートと、帰りにカフェでおしゃべりするのが楽しかった。けれども、そんなのは一か月もしないうちに飽きていた。気が付けば、起伏のない毎日を過ごすようになっていた。

テレビドラマやマンガで見るような青春なんていうのは、存在しない。たとえそんな絵に描いたような生活はなかったとしても、それに近い青春を手に入れることができる人たちはいる。けれどもそれは、ほんの一握りの選ばれた人たちだけだ。

当たり前のことを、思い知らされる日々だった。

そんな日々を過ごしていた私が、日曜日、何気なく見た映画。それが、俳句甲子園を取り上げていたものだった。

これなら私にもできる。そう思った。

今になって思えば、烏滸《おこ》がましいにもほどがある。披講のあとの感想戦なんてやったこともなかったし、俳句にしても、自分の通っていた中学校でたまたま俳句の指導に力を入れていたから、授業で半ば強制的に詠まされただけ。

それでも、古典の授業で『おくのほそ道』が取り上げられたとき、他の市の中学から来た子たちよりは、俳句が理解できていることがわかった。そんな小さな自信でさえも際限なく肥大化させてしまうのが、高校生という時期の特権なのかもしれない。

俳句甲子園に出て、松山に行こう!

これしかない。そう思った。

それで集まったのが、図書委員の四人だった。突拍子もない私の思いつきに、その場の勢いでついてきてくれた。

けれども、問題があった。

俳句甲子園のエントリーは、五人一組。一人、足りない。

その一人を、どうやって見つけ出すか。

四人で頭を抱えた。

エントリーまでの日数を考えると、今から部活創設を申請して、生徒会の会議と、先生たちの会議とを通してもらうまで余裕はない。

――まあ、そう無理はしないで、どこかでもう一人集まりそうだったら、やってみようか。

そう言いかけたところで、

「あっ、空。いいところに！　ちょっとこっち来て！」と、四人の中にいた渡部希美《わたなべのぞみ》が、いきなり声を張り上げた。

全員の視線がいっせいに、その声が向けられたのと同じ方向に集まった。

四人で集まっていた教室と廊下との境界線は磨りガラスの窓になっていて、休み時間や放課後は開け放たれていた。その窓のところに、背の高い女の子が立っていた。

「ん？」

呼ばれた女の子が、返事をした。

「この子は、川谷空。同じ中学だったんだ」

あの頃から、玉子みたいにつるんとした顔立ちと大きな目は変わらなかった。かわいらしい感じなのに一六五センチくらい身長があって、ずいぶんと背が高く見えた記憶がある。制服を着崩さずにきちんと着ているのに、ふわりとした感じを漂わせていた。そのことが、どこか異質な雰囲気につながっていた。

見蕩《みと》れていた、といっても良いのかもしれない。

周りにいる生徒たちとは明らかに違う、空の周りを取り巻いている空気。それに呑み込まれて、私はただぼんやりと、空のことをみつめていた。

「どうしたの？　なんか、おもしろそうな相談？」

初めて聞いた、空の言葉。

なぜかはわからない。けれども、その言葉を聞いた瞬間に感じたのだ。

この子なら、私の退屈な日常を変えてくれる。平凡な日々とは違うところに、私を連れていってくれる。今までとは違う世界を、私に見せてくれる。

「あのさ。空ってば、このあいだの古典の授業で発表したって聞いたんだけど……」

渡部希美が話しかける声がぼんやりと私の耳に入って、通り抜けていった。

「うん、そうだけど」

渡部希美の声に比して、空のほうは、妙にはっきりと響いてきたように思えた。気のせいだったのかもしれない。でも、きっと私の意識が自分でも気付かないうちに、空のほうに向いていたからだろう。

「『おくのほそ道』の授業だっけ？」

「そうそう」

「じゃあ、俳句とか詠める⁉」

「いやいや、授業で発表することと、俳句を作ることは違うって」

空は苦笑しながら、渡部希美をたしなめるように言った。

「ですよねー。期待した私が悪かった」

「なんか私、悪者みたいになってない」

「あはは、気にしないで。それで、何についてしゃべったの？」

「ああ……」

発表した内容を反芻していたのだろうか。空は天井を見上げて、しばらくのあいだぼんやりとしていた。やがて、

「『おくのほそ道』に出てくる仙台の薬師堂《やくしどう》だよ。ちょっと、面白そうかな、って思って」と、答えた。

……そうだ、薬師堂！

空はあのとき、たしかにそう言っていた。

私は慌ててスマートフォンを手に取り、地図アプリを立ち上げる。そのまま、薬師堂について調べることもせずに、席を立って支払いを済ませ、タクシーに飛び乗った。

——薬師堂で待ってる。

空のSNSにもう一度一言だけ、メッセージを送った。

タクシーの中で、空のスマホがブーンと振動音を立てる。私が送ったメッセージが届いたようだ。しばらく待ってから開いたけれど、既読になった印はついていなかった。

それでも私は、タクシーが薬師堂に着くのを心待ちにしていた。

仁王門の前にある道は一方通行になっていて入れないらしく、少し手前の信号のところでタクシーは止まった。

ネットで薬師堂を訪ねた人のコメントを探していくと、ここは陸奥国分寺《むつこくぶんじ》の広大な敷地の東端に当たるらしい。国分寺とは、七四一年に聖武《しょうむ》天皇が、奈良の東大寺《とうだいじ》を頂点として日本全国に建てたお寺のことだ。陸奥国分寺はその最北端に当たる。

敷地内には旧跡が点在しているようだ。けれども、そうした遺蹟には目もくれず、一六〇七年に伊達政宗《だてまさむね》が再建したという薬師堂にまっすぐ向かった。

奥行と横幅がともに八メートルくらいの質素なお堂が建っている。平成二十三年に起きた震災でも、漆喰や壁板は破損したものの、瓦は一枚も落ちることなく耐えきったらしい。地味だけれど、しっかりとした建物だ。

春には桜、秋には銀杏で境内が染まるらしく、その時期はたくさんの観光客で賑わうのだという。今は、数人だけそれらしい人が見えるくらいだ。むしろ鳩のほうが圧倒的に数が多い。

高校生の空がなぜこの薬師堂を発表のテーマに選んだのかはわからない。でも、空が気になったというものを、自分も見てみたいと思った。

空はどうしてここを調べたんだろう。もしまた空に会えたら、空の考えていることを、もっと聞いてみたい。――それももう、手遅れだけれど。

これで、私たちの旅もおしまい。

午後四時。空港に行くには少し早いだろうか。いっそ飛行機をキャンセルして新幹線で帰ったほうが、家には早く帰れるかもしれない。

私はしばらくのあいだ、薬師堂の手前にある狛犬のところで、ぼんやりと立ち尽くしていた。未練、だろうか。まだ空と一緒に旅を続けたいという気持ちと、きっともうそれは無理だろうという気持ち。その二つがぶつかり合って、身動きが取れなくなっていたのかもしれない。

どれくらい、そうしていただろうか。

ふうと大きく息を吐く。感情は虚ろなままだったけれど、頭だけは少しすっきりした。それに任せて、地下鉄東西線の薬師堂駅に向かおうとした。

そのときだった。

仁王門の向こうから、ものすごい勢いで自転車が走ってくる。境内の石畳と、そこからいくつも飛び出ている礎石をものともせず、激しく上下に揺れながら、疾走している。

「よかったー！　間に合った‼」

フルスピードの状態から、私のすぐ脇でその自転車は急停止した。

「空⁉」

私は、声を張り上げる。

「いやー、私、家に電話もないし、パソコンとかも持ってないから、ホテルの連絡先もわからなくて。スマホ忘れたからどうしようかと思ってたら店長がお店のを貸してくれて、メッセージを見て慌てて来たんだ」

なるほど、それで既読がつかなかったり、連絡がこなかったりしたのか。私がここにいることがわかったことも、納得できた。でも、

「店長？」と、私は首を傾げた。

「あー、まあそういうのは、あとで話すよ」

言いながら、空は自転車の前かごにあったカバンの中から、スケッチブックを取り出した。私が雄島で見せてもらったものとは、別の表紙がついている。

「旅のほうは、変な終わり方になっちゃったけど、せっかくだからこれだけは渡しておこうと思って」

空は私に、そのスケッチブックを、少しだけ照れ臭そうに笑いながら差し向けた。

「……ありがとう」

ぼんやりと、漏らすように返事をしながら受け取った。

そして私は、言葉を失った。

その中の一ページに描かれていたのは、私だった。

いつの間に描いたんだろう。

雄島から、松島の海を眺めている。煩わしい日常から解放され、海から吹き付ける風を受けながら、清々しく、気持ちよさそうに目を細めている。

昨日の私が着ていた、花柄のワンピース。

そこには水彩で菖蒲《あやめ》色が施されていて、その下に鉛筆書きで、句がしたためられていた。

あやめ草足に結ばん草鞋の緒

『おくのほそ道』に収められた句だ。

仙台を訪れた松尾芭蕉と曾良の二人は、北野屋加右衛門《きたのやかえもん》という絵師の案内で仙台の街をめぐっている。旧暦の五月四日、宮城野には萩《はぎ》の花が生い茂り、菖蒲の葉を家の軒に葺《ふ》くという日だったという。

北野屋加右衛門は風流な人で、芭蕉たちと一緒に陸奥国分寺薬師堂や榴岡《つつじがおか》天満宮をめぐり、松島や塩竈《しおがま》の名所を絵に描いた。さらに、蝮《まむし》が嫌うという菖蒲の色で染めた緒をすげた草鞋を贈った。そのとき芭蕉が、この一句を旅の無事を祈って詠んだのだという。

高校生のときは空とは別のクラスだったから、十四年前の彼女が、古典の授業で仙台の薬師堂についてどんな発表をしたのかは知らない。でも、そのときにとてもよく『おくのほそ道』「仙台」について調べていて、その内容を踏まえて描いたのだろう。

「スマホを届けてくれたお礼としては、ちょっと安いんだけど……」

空の言葉を遮って、私は叫ぶ。

「やだ！　空も一緒に来て！」

その言葉を発した瞬間、堰を切ったように涙があふれた。

その声に驚いたらしく、空がビクッと肩を震わせる。

けれども、そんな空よりもずっと驚いていたのは、私のほうだった。人前で泣いたことなんて、もう十年以上——もしかすると、高校一年生のときから、一度もなかったのだ。

類にキツい言葉を浴びせられたときも。教員の仕事で追い込まれたときも。私はぜったいに泣かなかった。

どんなにつらくても、泣いたら負けだと思っていた。

大学を出て、社会人として働いているのだから、人前で涙を見せるようなことはしてはいけない。

自分にそう言い聞かせていた。

そんな私が、子どもみたいに駄々をこねて、大声をあげて泣きながら、空に向かって懇願している。

「空が一緒に来てくれないなら、私ももうやめるもん。空と一緒じゃなきゃやだ！　昨日はごめん。変なこと訊いた私が悪かった。だから、ごめん。もうあんなこと言わないから、お願いだから一緒に来てよ……お願いだから」

最後のほうは、ほとんど言葉になっていなかった。

空ははじめのうちはびっくりしていたようだけれど、私の様子を見て、むしろ冷静になったのだろうか。

まるでお母さんみたいに穏やかな目をして、わんわん泣いている私の頭の上に、ぽすんと、手のひらを乗せた。

そして何も言わず、私の頭を撫でている。

そのときに、気が付いた。

私はこうして、頭を撫でてほしかったのだ。

社会人になってがんばっているのを、誰かに見てもらいたかった。そして、つらいときに愚痴を聞いてくれたり、私ががんばっていることを認めてくれたりする人に、たった一言言ってほしかった。

「……うん、大丈夫。美穂はがんばってるから」

まるで私の周りで起きているすべてのことを見透かしたように、空は落ち着いた声で言った。そして、

「ここだと周りの人もいるから……私の家、行こうか?」と、耳元で囁いて、両手でそっと、私の頭を抱きしめてくれた。

「実は美穂って、けっこう泣き虫だよね」

空の家に向かう途中で言われた一言に、私は顔が熱くなるのを感じた。まるで、自分が子どもだったときのことを知っている親戚の人から、美穂ちゃんは小さい頃こんな感じだったよねえと、自分でも知らない自分の姿を教えられているような感覚。けれども考えてみれば、空と一緒にいた高校一年生だった頃の私は、よく泣いていた気がする。

文芸部の設立が決まったとき。俳句甲子園の全国大会出場が決まったとき。全国大会に行ったものの、一日目の予選リーグで敗退が決まったとき。そして、地元に帰ってか

ら文芸部が解散するとき。

私は空の家に着くまで、離ればなれになっていたあいだの記憶を埋めるように、いろいろなことを話して聞かせた。

大学に進学したこと。国語の教員になったこと。仕事がつらくて、類に愚痴を言っているうちに付き合うようになったこと。今働いている二つ目の勤務校が、つらい職場であること。そのうち、類との関係がだんだんとおかしくなっていったこと。

「……そっか。ごめんね。美穂も毎日、つらかったんだよね」

空がぽつりと言ってくれた一言には、なんだか申し訳ないような気分になった。ちゃんと話していなかったのは、私のほうだ。

高架になっているJRの線路下をくぐって、国分町のほうに向かう。このあたりに住んでいるだろうと思ってた。私が仙台に来るまでにしていた推理を聞かせると、

「学校の先生、怖っ！　なにそれ、小説とかマンガに出てくる探偵みたい！」と、空は大げさに驚いていた。

定禅寺通りを渡って、さらに北に向かう。仙台市役所の西側には住宅地が広がっていて、このあたりは比較的新しいマンションが多い。けれども古くからある住宅地らしく、ところどころに昔からあるらしい一軒家や、古いアパートが、鉄筋コンクリートの建物

の狭間に埋もれるようにして建っている。

そうした中の一つに空が入っていったとき、私は目を見開いた。その反応の中身を察したらしく、空は、

「あー、ごめん。ボロいし狭いから、なんだか申し訳ないんだけれど」と、空は気恥ずかしそうな様子で言った。

「うん、別にそれはいいんだけど……」

「そう?」

空が住んでいる部屋は、表通りから路地に入ったところにある、古いアパートの一室だった。雨ざらしになっていてところどころ錆びているむき出しの階段を昇って、二階に上がる。全力で蹴れば穴が開いてしまいそうな木製のドアを開くと、中のほうからどこか懐かしい空気が漂ってきた。畳のにおいだ。

「家賃二万円は魅力なんだよねー」と、空は呟くように言った。

何か理由があって、お金を貯めてでもいるのだろうか。

空の部屋には、驚くほど生活感がなかった。昔ながらの押し入れの下段に半透明プラスチックの収納棚があって、その中に衣類が収まっているらしい。その右側にある空いたスペースには段ボール箱が詰め込まれている。

上段には、一人分だけ布団があった。

部屋の真ん中には小さなテーブルがある。これが食卓だろうか。

キッチンには、小さな冷蔵庫と、食器かご。お鍋と薬缶が、コンロの上に載っている。あとは部屋の壁沿いにレンジ台があって、電子レンジとトースターが置かれているくらいだ。

本当に、生活する上で必要最低限のものしか置いていない部屋だった。

そして私が空の生活について抱いていた予想は、次の一言で裏切られた。

「居酒屋のバイトだけだと、生活がキツくてさ。それでも、けっこう切り詰めてるから、なんとかなるかなあ」

「えっ？」

「あれ？　言ってなかったっけ？」

「う、うん……」

たしかに空は、飲食関係の仕事をしているとだけ言っていたのだ。エリアマネージャーとか、フロアとキッチンとかそういう用語を聞いて、私が勝手にレストランかなにかで正社員として働いているのだろうと思い込んでいた。『おくのほそ道』の旅にも付き合ってくれるのだから、経済的にも少しは余裕があるのだろうという考えもあった。

たとえ一人暮らしだったとしても、アルバイトだと、月々の給料で生活していくだけでもギリギリなんじゃないだろうか。

……だったら、どうして。毎週末『おくのほそ道』の旧跡をめぐるなんていう、私の旅に付き合ってくれているんだろう。

表情から、私の疑問を察したらしい。空は、

「あ、気にしなくて良いよ。少しくらいの蓄えはあるから」と、笑いながら言った。

それでも私は、

「ゴメン……」と、呟く。

今まで、それぞれの土地で、けっこう良い旅館を予約して、それなりに値段の張る食事をしてきた。空の生活事情に頭が回っていなかったことに、ものすごく罪悪感が生じてきた。

「だから、謝らないでよ。私も久しぶりにちょっと贅沢できて、楽しかったからさ」

「……う、うん」

三十代にもなると、スケジュールと予算と価値観の合う友だちなんていない。

テレビのバラエティ番組で、一人旅を趣味にしているという女性タレントが言っていた言葉を思い出した。私は自分のスケジュールと予算と価値観を、一方的に空に押しつけていたのではないだろうか。

「もう、美穂ってばすぐに気にするんだから。遠慮しなくていいんだって」

空は私の肩をポンと叩いて言った。

「いや……」

そうだけど。

でも、こんなふうに生活に余裕がないなら、ちゃんと伝えてほしかった。蓄えを切り崩して私の旅に付き合ってくれるにしても、それならもっと安い宿を取って、お手軽に楽しめる食事を考えたのに。だって、友だちでしょ？　どうして言ってくれなかったの？

考えれば考えるほど情けなさが湧き上がってきて、私は唇を噛む。

そんな私を、空はポリポリと頭を掻きながら、困ったように見ている。そんな空の様子が、さらに私の申し訳なさをかき立てていく。

「でも、来週からまた、一緒に旅してくれるんでしょ？」

空は言った。いつもと変わらない、さっぱりとした口調だった。

「……でも！」

――空が一緒に来てくれないなら、私ももうやめるもん。空と一緒じゃなきゃやだ！

薬師堂の前で、子どもみたいに駄々をこねた自分の姿を思い出すとあまりに恥ずかしくて、また顔が火照ってくる。

すると、空はまたさっきと同じように、私の頭にポンと手のひらを置いた。そして、

「じゃあ、また一緒に行こう。来週は平泉、その次は最上川とかでしょ？　だったら、

そんなに負担にならないから」と、私を子ども扱いするみたいに、クシャッと頭を撫でた。

「……うん」

私は、やっと空に届くくらいの声で返事をした。

せっかく、また一緒に旅をしてくれると言っている。これ以上、空の好意をむげにするのは、かえって悪いような気がした。

「ありがと。……でも、ちょっとだけ、食費と宿泊費は浮かせてくれると助かるかな」

冗談を言うように、空は笑った。

私たちはそれからずっと、空港に向かうギリギリの時間になるまで、いろいろなことを話し込んだ。空の今の生活。バイト先のこと。私の仕事のこと。類のこと。

けれども、一つだけどうしても訊きたかったことを、私はなかなか訊けなかった。

どうしてこんな生活状況なのに、まだ私との旅を続けてくれるんだろう。

たしかに私たちは、高校一年生のときに同じ文芸部にいた。俳句甲子園にも出た。

でも、それだけの関係だ。友だちではあるかもしれない。ＳＮＳでのやりとりと、深川からの旅で、私とフィーリングが合ったと思ってくれたのかもしれない。

そうはいっても、高校一年の夏から十四年ものあいだ連絡すら取っていなかったような相手と、それだけで一緒に旅を続けてくれるのだろうか。

気が付くと、窓の外に広がる秋の空は、だいぶ暗くなっていた。電気を点けることも忘れて話し込んでいたから、部屋の中は畳の目の輪郭がぼんやりと見えるくらいの状態になっていた。

「そろそろ、行かないと」

私はスマホを取り出して、時計を見ながら声に出す。

「そっか。だったら、来週のことはまたメッセージで相談しようか」

空はすっかり、いつもの調子を取り戻していた。何事もなかったように、平然と言った。

「うん……」

私はつい、言い淀んでしまう。ずっと訊こうとして訊けずにいたことが、まだ胸のあたりに滞っていた。

そんな私の態度に、空はおかしそうに笑う。

「美穂って、クールそうに見えて、実はすっごくわかりやすいよね」

空の言葉に、私は苦笑した。完全に見透かされている。

意を決して空に訊ねた。

「空、なんで私と旅してくれるの？」

できるだけ平静さを装って、立ち上がる。さっき泣いたせいで、体を動かすと少し頭痛がした。

そのとき、空がいきなりぽつりと声を出した。

「……会いたい人がいるんだ」

「えっ?」

また、その言葉の意味が私にはわからなかった。

私がぼんやりしていると、空が先に口を開いた。

「美穂と一緒にこの旅を続けていれば、もしかしたらどこかで会えるかもしれない、って。そんな気がしたんだよ。会える保証なんて、どこにもないんだけどね。それに松尾美穂先生の授業は、すごく助かっているんですよ」

空は茶化すように言ってから、

「ほら、飛行機遅れちゃうよ。路地を抜ければ、すぐタクシーが捕まるから」と、無理矢理押し出すようにして、私を玄関のほうへ追いやった。

9　迷ひ行く

「じゃあ、今からグループになってみようか」

二年生の古典の授業中に教室でそう声を出してから、私はゴクリと唾を飲み込んだ。少し緊張している。喉のところに、力が入っている。だから、思ったよりも声が出ていなかったかもしれない。

生徒たちは、みんなきょとんとしていた。何を言われたのかとっさに理解できなかったのだろう。

「ほら、小学校とか中学校のときは、授業でよくグループを作って話し合いってあったでしょ？　あれと一緒。机を合わせて、六人ずつのグループを作って」と、説明を付け加える。

ガヤガヤと、話し声が教室に響いた。

隣の生徒どうしで、確認をしあうようにしゃべっている。教室に訪れた突然の事態に、どうしたら良いのかわからないのかもしれない。

しばらくして、クラスの中でいちばんノリの良い女の子が、

「うわー、懐かしいー」と、声をあげながら立ち上がった。

机を両手で抱えるようにして持ち、九十度回転させる。ギィイィッ……と、机の脚が床を擦る音が響いた。

その音に釣られたように、次々と生徒が椅子から立ち上がっていく。机を動かす音が、教室全体を覆う。

隣の教室の迷惑になっていないのだろうか。そんな思いも頭を掠めたけれど、生徒たちがちゃんとグループごとにわかれてくれたことに、ホッとする感情のほうが勝っていた。どこか、教室の空気が華やいでいる。高校生になってからこういう授業を受けたことがないらしく、生徒たちが少し浮き足立っている。

これで、第一段階クリアだ。

——私がそうだったからわかるんだけどさ、勉強ができない子にとって、五十分間の授業中にずっと座ってるって、それだけでけっこうな苦痛なんだよ。だから高校のときは、中学までみたいにグループ学習とかあったらいいなって、ずっと思ってた。

きっかけは、空の部屋で言われた言葉だった。

本文を読んで、生徒に現代語訳をさせ、重要な単語や文法を確認する。進学校なら、今でもそういうスタイルで古典の授業をやっている学校が少なくない。

けれども、私が勤めているようなけっして勉強が得意ではない子どもたちが集まっている学校では、現代語訳をさせるというプロセスがそもそも成立しない。だから、授業の冒頭で現代語訳を配って、本文と照合させる。文法事項や重要単語の説明を黒板に書いて、ノートに写させる。

私が今までやっていたそんな授業を、一度、ぜんぶ捨ててしまおう。

空の言葉を聞いて、そう思った。

今の子どもたちは、小学校や中学校で、ずっとグループで話し合いをする授業を受けてきている。それが、高校に入るといきなり、黒板のほうを向いたまま先生の説明を聞くスタイルになる。そういう授業に、ついていけない。でも小中学校のときに慣れたスタイルなら授業に参加してくれるのではないか。

そう考えてはみたものの、ただ古典文学について話し合いをさせようとしても、生徒たちは戸惑ってしまうはずだ。だから――

「じゃあ、今から配るものを、封筒から出して、それぞれの島の上にぜんぶ広げてください。あと、グループごとに一枚ずつプリントを配るから、それを見て、同じストーリーになるように並べ替えてみよう」

今度は、さっきよりも声が通るようになった。まだ少しざわついている教室の中でも、私の声が壁に反射して、響いているのがわかる。

配ったのは、『おくのほそ道』を原作にしたマンガ。それから、私が空と一緒に歩いてきた場所の写真。マンガのほうは、一コマずつバラバラに切って、大きめの茶封筒の中に入れてある。グループごとに違う章段の本文を配って、それがきちんとマンガとして成立するよう、順番通りに並べさせる。その上で、同じ場所を撮影した写真とセットにして並べていく。マンガと写真を使ったパズルだ。勉強が苦手な子どもは、視覚的な教材を使うと授業に入りやすい。国語科指導法について書かれた本にそう書いてあったことから考えた。

今までこんな授業を見せたことがない教師が、いきなり風変わりな授業を始めたことに、生徒たちも驚いていたのだろう。それでも、思った以上に食いついてきた。いつもは古文を原文のまま読むことはほとんどしていないのに、ああでもない、こうでもないと言いながら、本文と照らし合わせて配られたものを並べ替えている。

七グループ作ったうちの一つだけは、机の上に広げてはみたものの、話し合いもせずにぼんやりしていた。そのグループのところに駆けつけて、男子生徒に声を掛ける。

「だって、ぜんぜんわかんねえもん」

その生徒は、放り投げるように言った。

念のために、配った原文を現代語訳したプリントも用意している。それを渡してしまえば簡単なのだ。でも、

「よし。じゃあ、水上《みずかみ》くんと高橋《たかはし》さんでトレード。高橋さん、ちょっとこっちのグループに交ざってくれる？」と、隣のグループで周りが作業をしているのを眺めている女の子を捕まえて、こちらのグループに所属させる。この生徒はおとなしいけれど、古文の成績は悪くなかったはずだ。

教師がヒントを与えてしまうより、自分たちでやったという実感が大切。大学の国語科教育法の授業で聞いたことを、久しぶりに思い出していた。

予定では、完成したジグソーパズルをタブレットPCのカメラで撮影させて、それをプロジェクターに映しながら、自分たちが担当したのがどういう話なのかをグループごとに説明させるはずだった。けれども、思った以上に並べ替え作業に手間取って、説明用のカンペを生徒たちが作っている最中に授業終了のチャイムが鳴ってしまった。

でも、仕方がない。最初の一歩だ。

五十分の授業中に私がクラス全体に向かって声を出したのは、ほんの数回。しかも、説明するべき内容は、何一つ話すことができていない。

それなのに、久しぶりに何かを成し遂げたような充実感があった。大量の教材を両腕に抱えながら、手先だけをなんとか伸ばして額を流れる汗をハンカチで拭って職員室に戻った。授業中ずっと各班の見回りをしていたから、無自覚のうちにけっこう動いていたのだろう。

「さっきの二年三組、何があったんですか？」

私が席に着くなり、先に授業から戻ってきていた梶山先生が不審そうに目を細めた。そういえば、隣のクラスは彼女の英語だったのか。

「すみません。騒がしかったですか？」

作り笑いを浮かべて、頭を下げる。梶山先生は虚を突かれたように、しばらくぼんやりと黙っていた。やがて、

「いえ、三組の生徒はいつもぐったりしているので、珍しいと思いまして……」と、漏らすように声を出した。

「たまには、こういう日もありますよね」

「……はあ」

梶山先生は私の言葉に納得していない様子で小首を傾げてから、自分の仕事に戻っていった。その背中を目で追いながら、私は空に今日のことを報告したい衝動に駆られる。けれども、仕事中にSNSでやりとりをするわけにもいかない。

——吹奏楽部のことがわからないなら、鶴岡ちゃんに訊いてみれば？

空は、高校一年生のときに担任だった音楽の先生の思い出話とあわせて、私にそう提

案した。

いくら私が卒業生だとはいえ、今は別々の学校で吹奏楽部の顧問をしている同業者だ。しかも、鶴岡先生のような私立の学校に勤めている教員と、私たち公立の学校の教員とは、ふだんはほとんど接点がない。

それに加えて、母校の吹奏楽部は全国大会の常連校なのだ。そんな部を指導されている先生に、アドバイスを求めるなんてできるのだろうか。

完成した鶴岡先生宛のメールを前に、送信ボタンを押すことをしばらく躊躇する。パソコンの前で腕組みをして、しばらくのあいだその姿勢のまま考え込んだ。ぼんやりと、画面に映っている文字に目を走らせる。

——美穂は、気にしすぎなんだよ。

仙台で別れるときに、空が言った言葉が浮かんだ。

——そこが良いところでもあるんだけどさ……たいていの人は、他人のことってそんなに気にしていないと思うんだよね。だから、もっと遠慮なく行動していいんじゃないかな。

他人にどう思われてもいいから、まずは行動。

空らしいといえば、そうなのかもしれない。

だから空はときどき、気が付くと姿が見えなくなっている。ふらりとどこかへ行ってしまったり、こちらが予想もしないような行動を取ったりする。私は彼女みたいに、自由気ままに生きることはできない。

……と、考えたところで、思い直した。

私は本当にそんな人間だったのだろうか。

俳句甲子園を題材にした映画を見て、文芸部を作ったとき。

あのときの私は、部を作ったあとにどうなるかなんて、何も考えていなかった気がする。ほとんどノリと勢いで声を掛けたメンバーがどう思っているかなんて、想像すらしていなかった。

私も、もともとは空と同じだったはずなのだ。それなのにいつの間にか、良い子を演じるようになっていた。自分がどう思われるのかを気にして、言いたいこともなかなか言い出せなくなっていた。本当はやりたいことがあるのに、リスクを考えて、言い訳をして、それをやってはいけない理由を作って、行動に移すことをしなくなっていた。それが、大人になるということだと思っていた。でも——

私は自分を納得させるように、ウンウンと、二度頷いた。そして、右手をマウスに宛がって、メールの送信ボタンを押した。

申し出を断られたら、そのときはそのとき。また何か、別の方法を考えれば良い。

思ひがけずかかる所にも来たれるかなと、宿借らんとすれど、さらに宿貸す人なし。やうやうまどしき小家に一夜を明かして、明くればまた知らぬ道迷ひ行く。

『おくのほそ道』の「石の巻」にある一節。

――思いがけずこのようなところに来たものだなあと思いながら宿を借りようとするけれど、泊まらせてくれる人はいない。ようやく貧しそうな小さな家をみつけて一夜を明かし、夜が明けるとまた知らない道を迷いながら進んでいく。

松尾芭蕉は、松島から平泉に向かう途中で道を間違えて、石巻に着いてしまう。北に向かうべきところを、東の海岸線に沿って進んでしまったのだ。なんとか宿を探そうとするが、なかなかみつからない。石巻の周辺には古くから和歌に詠まれてきた土地があるはずなのに、それがどこなのかもわからない。それでも、芭蕉は曾良と二人で二十里余り――八十キロほど彷徨ったという。

松尾芭蕉でさえ道に迷って、なんとか平泉にたどり着いたのだ。だったら私なんて、まだいくらでも道に迷ってもいいじゃないか。

そんなことを思っていると、スマホに新着のメールが届いた。差出人のアドレスを見て類だとわかる。

眉を顰めた。仕事中には連絡してこないでほしいと、いつも言っているのに。

苛立ちを抑えるように、小さく息を吐く。見なかったことにして、スマホのメールアプリを閉じる。授業のスタイルを変えるからには、次々に準備を進めていかないといけない。しかも、新しいやり方は、どれだけ事前に授業に使うグッズを揃えておけるかが勝負なのだ。類の相手なんて、している暇はない。

けれども、メールが届いていることをいったん見てしまうと、それをすっかり忘れ去って仕事をすることはできなかった。もしかしたら急ぎの用事かもしれないという思いも頭を掠めて、どうしても気になってしまう。

文面を見るだけなら数秒で終わるだろうか。仕事中に返信さえしなければ、問題ないかもしれない。

そう考えて、ふたたびアプリを立ち上げる。メールを開くと、たった一言、メッセージが書かれていた。

——そういえば美穂さん、スキャナがほしいって言ってなかったっけ?

家に帰ると、玄関先には、家電量販店の紙が貼られた大きな箱が置かれていた。

私はその箱を玄関に残したまま部屋に駆け込むと、

「どうしたの、あれ⁉」と、声を張り上げた。

床に敷いたカーペットに寝そべって、こちらに背中を向けた姿勢でスマホをいじっていた類は、猫みたいにぐるりと首を捻って私のほうに視線を向けた。

「ほら、来週、美穂さんの誕生日でしょ？　だから、プレゼントにと思って。ネットから注文して当日配送って、今は便利だね」

類に言われて、私は言葉を失った。自分の誕生日のことなんて、すっかり忘れていた。

箱に入っていたのは、スタンド式のスキャナだった。下向きに書画カメラがついているものだ。本を上向きに開いた状態のまま撮影すれば、そのまま画像データとして取り込むことができる。しかも持ち運びができて、教室のパソコンにつなげばそのまま本を画面に映し出すこともできる。

オンライン授業や、新しくはじめた形の授業をするときに使えると思ってインターネットのサイトで見てはみたものの、カートに入れたまま購入ボタンを押せないで放置していたものと同じだった。そういえば、スキャナがほしいということも類がいるところで独りごちていたような記憶がある。

「ときどきでいいから、貸してくれれば僕も使えると思って。いいかな？」

類の声が聞こえて、

「……あ、うん」と、私はようやく思い出したように返事をして、類から顔を逸らした。

顔がどんどん熱くなっていくのがわかる。体が小刻みに震えている。

あまりに予想外の出来事を前にして、感情がぐちゃぐちゃになっていた。ただ、自分の意志とは関係なく、口元が緩んで笑いが漏れ出してくる。その表情を類に見られることが、ひどく恥ずかしいことのように思えた。

類はまだ私のことを見てくれてる。類と私はやり直せる。ここ二、三年はすれ違ったり、類の言動に心が折れそうになったりすることも多かったけれど、私たちはまだつながっている。

その日は久しぶりに二人で食事をした。私の仕事のこと、近所にいる猫が子どもを産んだこと、『おくのほそ道』の旅のこと。長いあいだほとんどまともに口を利いていなかったことを取り戻すかのように、私たちはいろいろなことを話した。

こうして二人で向き合ってみれば、付き合いはじめた頃と同じようにやりとりすることができるのだ。どうしてこんな簡単なことが、ずっとできずにいたのだろう。

誕生日の前祝いと称してワインのボトルを開ける。これも、類が買ってきてくれたらしい。私がワインを飲むという会話をしたのは、二年くらい前のことだ。まだ覚えていてくれたのも、嬉しかった。その喜びに任せて、二杯、三杯とグラスに注いでいく。

二時間ほどが経った頃には、私の思考はかなり覚束なくなっていた。頭がぐるぐるする。類と同じような会話を何度も繰り返しているという自覚はあるのだけれど、気が付くと言葉が口を突いて出ている。抑えが利かない。ぐるぐる。

そんな状態だったから、私はぽつり、言葉を漏らしてしまった。

「……そういえば、スキャナとかワインのお金、どうしたの？　このあいだ、博士論文を書くのに使う本をまとめて買ったから、あまりお金がないって言ってなかったっけ？」

大学の非常勤講師は、週に一コマ九十分の授業を担当して、月に二万円から三万円くらいの収入にしかならないそうだ。類は三つの大学を掛け持ちしていて、一つが週二コマ、二つが週一コマの担当。計四コマだとすると、税金を引かれて手取りは十万円弱になってしまう。私の家に住むに当たって毎月三万円を渡してもらうことになっていて、残りが類の健康保険や年金、奨学金の返済、そして研究資金になっている。

文学の専門書は比較的安いとはいえ、それでも一冊数千円、高いものでは一万円を超えてくる。本をまとめて買ったとなると、類の収入から見ればそれなりの金額になっている。

類が動かなくなった。低予算で制作されたアニメのキャラクターみたいに、現実の人間が動かなくなることがあるのか。そんな感動を覚えたくらい、みごとな固まり具合だった。

しばらくして、類は曖昧に笑った。よくそのことに気が付いたな。そう言わんばかりに、口元を歪めている。

悪い予感がした。慌ててスマートフォンを取り出し、クレジットカードのアプリを立ち上げた。

……予想どおりだった。

カードの使用履歴に、身に覚えのないものが次々に並んでいる。毎回の利用は、数千円くらいだ。だから、気が付かなかったのか。

ちょうど、私が『おくのほそ道』の旅に出ている土日に集中している。さかのぼってみると、二か月くらい前からはじまっている。

「美穂さんが、買い物サイトのカートの中に、スキャナを入れたままにしていたから……」

言い訳をするように、類は言った。

「どうしてサイトのパスワードがわかったの？」

「パソコンに美穂さんのユーザーアカウントで入るためのパスコードがあればブラウザに記憶されているのを調べられるよね」

「カード番号とセキュリティコードは？」

「ほら、美穂さん前に机の上にカードを置き忘れていったじゃない」

「そっか。さすがに博士まで出ていると、調査能力が高いのね。私にも責任があるんだ」

漏らすように言うと、また類が固まった。ロボットみたいな動きをしている。怒鳴りつけるよりも、抑揚のない声で、淡々と言ったほうが相手には効く。詰問されると押し黙ってしまうようなときでも、相手はなんとなく応じざるを得なくなる。こうやって、聞き出したい情報を手に入れていく。

教師をはじめてから身に付いたテクニックだ。我ながら、今の仕事をしているとどんどん性格が悪くなるような気がする。もしかすると、もともと自分はこういう人間だったのではないかと思えてくる。

「事実婚であっても、同居中に財産を築いていれば、共有財産として認められるっていうのが家庭裁判所の判例にあるから。問題ないんじゃないかな」

類が急に、もっともらしい態度になった。開き直ったらしい。

その言葉に、カチンときた。

三万円を納めてもらっているくらいではぜんぜん足りないから、生活費は私がほとんど稼いでいるのだ。これじゃあまるで、少しでも音を立てたり、会話をしたりしたときの反応に怯えながら、その相手を養うために私が必死に働いて、大変な思いをしているみたいじゃないか。

もともと他人だった二人が同じ屋根の下で暮らしているのだから、価値観の合わないことだってある。少しくらい、我慢も必要だ。それは、わかる。それに、週末は好き勝手にやらせてもらって、『おくのほそ道』の旅に出させてもらっているじゃないか。

でも――

そこまで考えて、私は口を開いた。

「いいよ、だったら類ももうちょっと働いて。大学の非常勤講師だけじゃなく、高校の非常勤とか塾とか、いろいろ仕事はあるでしょ？」

「それは……」

無理だよ、と、言いたげだった。

自分には研究がある。そのためには、これ以上仕事を増やすわけにはいかない。そう言いたいんだろう。

「いいじゃない。大学で専任の先生になると、会議とか事務仕事とかで研究時間は取れなくなるっていうし。その状態でも研究時間を捻出する練習だと思えば」

類は黙った。反論できないでいるらしい。私は続けた。

「月に十万円納めてもらえばいいから。そうしたら、私も今の仕事はやめて、大学院にでも行くわ」

その言葉に、類のスイッチが入ったようだった。

不意に私を見下すような、馬鹿にするような目つきになると、

「はっ、美穂さんにできるわけないでしょ？」と、鼻で笑う。「だって、『おくのほそ

道』って、今で言えば完全に、男どうしのホモソーシャルな世界じゃない。その真似事を女二人でやっているって、その時点で、あのテクストが持っている価値観を、なにもわかっていないっていうことだよね。そんな状態で大学院なんかに来ても、見当違いな文章しか書けないいんだから、どうせ無駄になるよ」

いつもなら、内臓が締め付けられるように感じられる言葉だった。それなのに、私の身体にはなんの反応もなかった。

湧き上がってきたのは、怒りでも、苦しさでもない。

むしろ冷水でも浴びせられた直後のように頭がすっきりして、感情が冷え切っていく。類を冷めた視線で眺めていると、今度は、哀れみにも似た思いに包まれた。

『おくのほそ道』に描かれたのはたしかに、松尾芭蕉と曾良を中心にした、男性たちの世界だ。けれども、『おくのほそ道』を受け入れてきた読者はどうだろう。文学を受け入れてきたのはけっして男性だけではない。学校教育で読んできた女子生徒たちはもちろん、文学の読者の歴史をたどっていけば、その多くは女性じゃないか。だったら、『おくのほそ道』の世界をどうやって受け止め、後の世代の人たちがどうやって新しい俳句を生み出していったのかを考えることは、男性にしかできないことではないはずだ。

たぶん、私が大学生だったときに、俳句で卒業論文を書いていたからだろう。類の専門は、明治時代から後の文学。そのせいか、類の発した言葉が急に、底の浅いもののように思えてきた。

考えてみれば、類が私に研究の話をするときは、いつも彼の専門のことだった。専門ではない江戸文学のことについて彼が話すのを聞いたのは、初めてだった。

だからこそ思えた。少なくとも私が大学のときに授業を受けていた先生たちは、類のような発言はしなかった。そう思うと、類は本当に研究者として、この先大学の先生になることができるだけの素質と知識、思考を持っているのだろうか。

一度疑問が浮かんでくると、これまで私が受けてきた類のあらゆる発言が、疑わしく思えてくる。

きっと類も、正しいことを言っていたこともあるのだろう。けれども、類はけっしていつも正しいわけではないのではないか。彼が言うことには少なからず、信頼の置けないものもあったのではないか。

そう考えた瞬間、ふっと私の心が軽くなった。自然と笑顔が浮かんだ。

私はそのまま、ゆっくりと口を開いた。

「出てって。そして、二度とこの家に入らないで」

「いや……そんなことされたら………」

苦笑する類。

「あなたが出ていかないんなら、私が出て、明日にはこの部屋の賃貸契約を切っておくから。一か月後には退去。いい？」

自分でも驚くほど落ち着いた態度で、ゆっくりと、一つ一つの言葉を正確に声に出した。

「えっと……」

類は、水中にいる鯉《こい》かなにかみたいに、口をパクパクと動かしている。私の反応が想定外だったので、頭の中がフリーズしているのだろう。謝罪することさえもできないらしいことを悟って、心がいっそう凍り付いていくのがわかる。

「明日の朝には荷物をぜんぶまとめて、いなくなっているようにして。じゃあね」

私はそれだけ言って自分の部屋に戻り、扉を閉ざした。クレジットカードのアプリを立ち上げて、再発行の手続きを取る。

もう、涙さえも出なかった。悲しみはもちろん、怒りや苛立ちもない。なぜだか笑いがこみあげてきて、私は一人で肩を震わせていた。おかしくてたまらない。それは類に対する感情ではなかった。今までずっと類のことで苦しんできた、過去の私の滑稽さに向けられたものだった。

翌朝。私の部屋に、類の姿はもうなかった。

カーテンを開く。朝日が部屋に降り注ぐ清々しさの中に一抹の寂しさを覚えながら、私は大きく深呼吸をした。

10　平泉

久しぶりに空と『おくのほそ道』の旅に出た。

仙台空港で機内から出ると、タラップに足を踏み出した瞬間、冷たい風が顔に吹き付けた。もうすっかり十二月の空気だ。それでも私が住んでいる地域よりも風が弱くて湿度が高いので、気温のわりにはそれほど寒さは感じない。

仙台まで飛行機で移動してレンタカーを借り、空をアパートで拾って岩手を目指す。レンタカー代を私が払えば、空の交通費の節約にもなる。

「なんだか悪いね……日にちも私に合わせてもらって」

助手席に座った空は、頬を掻きながら覗き込むように私を見た。

「平泉は車があったほうが回りやすいから、気にしないで」

私は車のフロントガラスの向こうに視線を向けたまま、空の問いかけに応えた。

「半分くらいならお金も出すけど……ほら、こないだの仙台からいろいろあって、結局はしばらく時間が空いちゃったじゃない。だから、ちょっとだけお金を貯めてたんだよね」

「そうだなあ……じゃあ、夜ごはんを食べさせてくれればそれでいいよ。むしろ、空が作ってくれたりすると嬉しいかな」

「本当に今日は私の家に泊まるの？」

「だって、せっかく近くに住んでいるんだし。それに私も引っ越しをしたから、ちょっと節約しようと思って」

言いながら、私は少しだけハンドルを強く握り直した。嘘はついていないはずだ。駅の東側に引っ越しをした。勤務先から少し遠くなったけれど、精神的な安定を得ることを私は求めた。類には新しい住所を教えていない。だから、類が私の家に戻ってくることもないだろう。『おくのほそ道』の旅を中断したのは、その準備をしていたからだ。

類とのあいだで起きたことは、空にはもう電話で伝えてあった。空は驚くでも私を慰めるでもなく、ただ、

「美穂がそう決めたなら、それが良いと思うよ」と、いつもと変わらない調子で言ってくれた。声に安堵したような色が含まれていたことが、私には嬉しかった。

時速八十キロを少し超えたくらいの速度で、走行車線を走っていく。追い越し車線に移って走るような急ぐ旅でもない。それに、毎日の通勤で車を使ってはいるけれど、高

速道路は久しぶりだ。もしかすると、それで少し緊張していたのかもしれない。フロントガラスの向こうにずっと意識が向いていたのもそのためだろう。おかげで空の様子に気が付かなかった。

けれども道路の左端に立っている標識に視線を向けたとき、視界に空の姿が入った。そこで、空がずいぶんとソワソワして、落ち着かない様子でいることに気が付いた。

「どうかした?」

「あっ、うん……」

空は、背中を助手席のシートに深く沈めて、言いにくそうにしている。

やっぱり、『おくのほそ道』の旅を続けるのは、空にとってしんどいことなのだろうか。私は少し不安になる。

けれども、空が考えていたのは、まったく別のことだった。急に照れ臭そうにスマートフォンを取り出すと、私の視界に向かってぬうっと手を伸ばしてきた。

「ん? なに?」

一瞬だけ、空のスマホの画面を見る。いつも私たちがやりとりしているSNSが立ち上がった状態になっている。でも、メッセージをやりとりする画面ではない。通常の、いろいろな人が投稿した短い言葉が、ずらりと並んでいるタイムラインだ。空が見ているのは、よくやりとりをしている「ぶん」というアカウントからの投稿らしい。

「その子がどうかした？　ごめんね、運転しながらだと、ちゃんと見られなくて」

私は目の悪い人がよくするみたいに目を細め、

「その子、誰なの？」と、訊ねた。

すると空は、授業中にこっそりとスマートフォンをいじっていたのを隠す高校生みたいにすっと手を引いた。やがて、漏らすように声を出す。

「えっと……私がよくやりとりしてる中学生」

空の言葉に私は、

「あっ……」と、漏らすように声を出して、次の言葉を飲み込んだ。

仙台で空のスマホを覗いたとき、「ぶん」というアカウントとやりとりしているのをみつけていたのだ。

やっぱりあのアカウントの持ち主は中学生だったのか。そう思うと同時に、勝手に空のスマホを見てしまったことに対する申し訳なさが、急に思い出されてきた。それで、

「その子がどうかしたの？」と、私はつい反射的に、何事もなかったかのように空に訊ねていた。

「彼女、今日まで中学校のスキー合宿なんだって。岩手のどこかではあるみたいなんだけど……」

「へえ、偶然だね。どこのスキー場か訊いてないの？」

「そこまで訊くのって、なんかネットストーカーみたいじゃない？」

「そんなことはないと思うけど……」

「岩手でもいくつかのスキー場はもうやっているみたいなんだよね」

空はきっと出かける前に調べていたのだろう。彼女の言葉を聞いて、そのことを察知した。

「そうなんだ。もしかしたら、偶然会ったりすることもあるんじゃない？」と、私は軽い口調で声に出した。

けれども、空の反応は予想外のものだった。

「……うん、会えるといいなあ」

チラリと私の視界の隅に入った空は、まるで初恋の相手とデートの待ち合わせでもしている女子高校生みたいな、照れ臭さと期待感とが混じったような微笑を浮かべて、小さく頷いていたのだ。


新しくできた平泉スマートインターチェンジで高速道路を降りると、わずか数分で平泉に出ることができる。

名所をめぐる前に腹ごしらえをするのが、私たちの旅。平泉の駅前でいったん降りて、駅前芭蕉館というお店に入る。ここで、わんこそばが食べられるらしい。

「お椀が空になると入ってくるやつ……それは、腕が鳴るわね」

空は気合いの入った様子で、軽く握った右手の拳で、左の手のひらをポンと叩いた。

「あ、ごめん。そういうのが良かった？」

私は慌てて、声を掛ける。

「ん？　どういうこと？」

「盛岡とか花巻《はなまき》にはそういうお店もあるらしいんだけど、ここは盛り出し式なんだって」

盛り出し式とは、わんこ——お椀に蕎麦がすでに盛られた状態で運ばれてくるということらしい。

「そうなんだ……ごめん、ごめん。ちょっと早まった」

空が少し残念そうにしていたので申し訳ない気もしたのだけれど、運ばれてきたわんこそばで、その思いは消し飛んだ。大きなお盆にお椀が十二個、それが二段。合計で二十四個のお椀が運ばれてくる。壮観だ。

これほどの量が食べきれるのか。少し不安になったけれど、それは杞憂《きゆう》だった。自分で蕎麦をお椀からつゆに入れてから、薬味と一緒に食べるというスタイル。麺は平打ちで、蕎麦の香りがふわりと立つ。そして薬味は、なめたけおろし、いくら、ネギ、鰹節、海苔、紅生姜、山菜、沢庵といくつもの種類がずらりと並んでいて、好きなものを載せて自分のペースで食べることができる。複数の薬味を組み合わせて味変ができるから、いろいろ試しているとまったく飽きないのだ。

気が付くと二十杯目を超えていて、さすがに追加オーダーの十二個は自重したけれど、私たちは大満足で無量光院跡《むりょうこういんあと》に向かった。

かつては平等院鳳凰堂《びょうどういんほうおうどう》よりも巨大な阿弥陀堂《あみだどう》が建っていたという無量光院跡は、何度も火災に見舞われて焼失し、芭蕉がこの地を訪れたときにはもう何も残っていなかったらしい。

少し離れたところに、大河ドラマのセットにするために再建した建物がある。けれども、今回の旅の目的を考えると、そこに行くのはなんだか違う気がして、水田と松林が広がる野原を脇目に車を走らせた。

『おくのほそ道』と同じルートをたどるなら、次の目的地は北上川《きたかみがわ》に面した丘陵、高館《たかだち》。石畳で舗装された中尊寺《ちゅうそんじ》通りを進んでいくと、右側にある路地に入ったところに駐車場がある。案内の看板がバス停と電柱の陰に隠れてしまっているので、ナビがなければ見落としてしまいそうだ。

民家に囲まれた土地をアスファルトで固めただけの駐車場には、車が二台だけ止まっていた。観光地としては中尊寺金色堂《こんじきどう》あたりのほうが派手なので、ここは訪ねてくる人もあまりいないのだろうか。

駐車場から、左右を木々に囲まれた緩やかな上り坂になっている細い道を、高台のほうに登っていく。頂上にたどり着くと右に石段があって、「高館義経堂《ぎけいどう》」という文字が書かれた白い看板が立っている。私はバッグに入れたままになっていた文庫本を歩きながら取り出して、『おくのほそ道』の「平泉」を開いた。

まず高館に登れば、北上川、南部より流るる大河なり。衣川《ころもがわ》は和泉が城を巡りて、高館の下にて大河に落ち入る。泰衡《やすひら》らが旧跡は、衣が関を隔てて南部口をさし固め、夷《えぞ》を防ぐと見えたり。さても、義臣すぐってこの城にこもり、功名一時の叢《くさむら》となる。「国破れて山河あり、城春にして草青みたり」と、笠うち敷きて、時の移るまで涙を落としはべりぬ。

――高館に登ると、丘の下に広がる北上川は、南部地方から流れくる大河だ。衣川のほうは、藤原秀衡《ふじわらのひでひら》の三男、忠衡《ただひら》の住まいだった泉が城をめぐって高館の下で北上川と交わり、一つの大きな河となる。

奥州藤原三代の栄華を極めた藤原泰衡たちの旧跡は、衣川の関の周辺に点在している。

ここは平安時代の末期に、蝦夷《えみし》と呼ばれた人々による侵入を防ぐために設けられたものらしい。蝦夷はアイヌ民族だったとも言われるが、必ずしもそうではなく、単純に天皇による治世が及ばなかった北方の勢力だったとも言われている。

そしてこの衣川の地は、源義経が最期を遂げる場所となった。

兄の源頼朝に追われた義経は、藤原秀衡からこの高館にあった建物を住まいとして与えられる。しかし、秀衡の子である藤原泰衡が、頼朝の命令を受けて義経の邸を急襲した。

一方で泉が城の主だった忠衡は秀衡の言葉を守り、最後まで源義経を守って忠義を尽くしたという。芭蕉がいう義臣とは、この忠衡とその部下、そして義経にしたがった弁慶のことを指しているのだろう。この戦いで、奥州藤原氏の栄華はわずかな期間で終わりを告げ、周囲は草むらとなってしまう。

芭蕉は、中国の詩人だった杜甫《とほ》が詠んだ漢詩「春望」を思い出す。争いによって混乱した世を嘆き、離ればなれになった家族を心配しながら、その中で何もできずに年老いていく自身を嘆いた詩だ。そして、頭に被っていた笠を地面に敷いてしばらくのあいだじっとそこに座り、時間が経つのも忘れて奥州藤原氏と源義経に思いを馳せ、涙を流し続けていたのだという。

「室町時代から江戸時代にかけては『義経記《ぎけいき》』が流通していたから、芭蕉が知っていた源義経は必ずしも史実に基づいたものではなかったんだけどね。今で言えば、現実世界の過去を舞台として設定した歴史ファンタジー小説の聖地巡礼をして、その登場人物に感情移入をしていた、って感じかな」

義経堂を見上げながら、私は声だけを空に向けた。

「えっ……あっ、うん」

話を向けられることを予期していなかったかのように、空はぼんやりと返事をする。

「どうかした？」

「あっ、うん」

空は誤魔化すように返事をして、左手で持っていたスマートフォンをパンツのポケットに押し込んだ。まるで、問い詰められた子どもが、本心を隠しているときみたいな態度だ。空が何度もＳＮＳを開いては、いつものアカウントを覗いていることは明らかだった。

「『夏草や兵《つはもの》どもが夢の跡』……でしょ？」

空は確認をするように、私のほうを見た。

「そうそう」

「高校一年のときに、古典の調べ学習で『おくのほそ道』について発表したとき、この句も取り上げたんだ」

空は言いながら、目元を綻ばせた。マスク越しにも、ニッカリと白い歯を浮かべていることがわかる。

「薬師堂のことだけじゃなかったんだ」

「そうそう。他にも、俳句を作ったりとか。美穂たちのクラスはなかったの?」

「うーん。私のクラスは、古典のときはずっと現代語訳をやっていたかなあ……」

記憶の糸をたどる。

空は一年十組。一学年の生徒数が四百人、ぜんぶで十クラス。私が一年一組で、国語の先生も違っていたし、定期試験は担当の先生ごとに別々の問題を出していた。だから、先生が違うと授業の内容もかなり大きく違っていたという話を聞いたことがある。

それに、私は特進コースという大学入試を目指すクラスにいたし、空は進学コースだった。大学進学と専門学校への進学、高卒で就職する生徒が入り交じったクラスだ。授業の内容はなおのこと別物だったのだろう。

でも、そういう授業を受けていれば、私ももう少し柔軟な授業ができたかもしれない。

「ねえ、久しぶりに、俳句作ってみようか?」空が、唐突に提案した。

「どうかなあ……」

私は、首を捻った。『おくのほそ道』の旅をはじめた深川でも俳句が浮かんでこず、代わりにスマートフォンで写真を撮っただけで済ませたのだ。

誤魔化すように笑いながら、北上川を見下ろした。ぼんやりと眺めながら、いちおう頭の中にある言葉を探してみる。ああでもないこうでもないと思案して、私はどうしてもここで立ち止まってしまう。

中学や高校の授業では、どうしても、俳句は詠み手の感動を詠むものだと教えてしまうことが少なくない。けれども実際には、俳句で詠むのは感動というより、感興と言ったほうが近い気がする。

日常の中で何かを目にしたときにふと、「おっ？」という感じで惹かれた対象。おもしろさ。その光景そのものをさらりと言葉にする。そうして日記のように、当たり前の日常に潜む興趣を記録していく。

こんなふうに俳句の作り方を頭の中でたどって、言語化することはできるのだ。でも、私には空みたいに、さらりと句を詠むことができない。

そのとき不意に、空のスマートフォンが、ブーン、ブーンとバイブレーションの低い音を響かせた。

「あっ、ゴメン」

空は慌てたように、さっきスマートフォンを入れたポケットのところに手を当てている。

「気にしないで。見てもいいよ」

「うん」

空は短く返事をして、スマートフォンの画面をチラリと見る。

空が目を見開いた。ひどく慌てた様子で画面に指を走らせ、入力をはじめる。少し手が震えているのがわかる。

何かあったのだろうか。声を掛けることさえ躊躇われるような雰囲気だった。

すると、先に口を開いたのは、空のほうだった。

「ねえ……夏油《げとう》高原スキー場って、ここからどれくらいだろう?」

「えっ?」

急に訊ねられて、私はとっさにバッグから自分のスマートフォンを取り出した。どうやら、平泉からだといちばん近いスキー場で、県内でもいちばん早くオープンするところの一つらしい。

「東北自動車道の水沢インターチェンジから山のほうに向かえばいいみたいだから、一時間くらいかな」

「そっか」

空はしばらく、じっと考え込んでいた。

スマートフォンの画面に視線を落としては、ぼんやりと上空を見上げる。それを何度か繰り返したあと、

「うん、やっぱりいいや。金色堂、行こっか」と、困ったような笑顔を私に向けた。

その態度に、どこか違和感があった。

あの「ぶん」という子が来ている県内のスキー場がそこなのだろうか。夏油高原スキー場までは、ここからそれほど遠くない。もし空がそこへ行きたいなら、ちょっと行って戻ってくるくらいなら時間的にはぜんぜん構わない。

「……ねえ、じゃあ今から行こうか。スキー場」

「えっ？」

私の言葉に、空は顔をあげた。

まっすぐに、私に目を向けている。懇願するようなその表情があまりに真剣で、私はその剣幕に呑まれてゴクリと唾を飲み込んだ。

SNSでたまたまやりとりしている、中学生のアカウント。そんな相手に、どうして空はこんなにも拘《こだわ》っているのだろう。

「ゴメン、気にしないで。いいよ、いいよ」と、空は照れ臭そうに言った。

けれども私は、そんな空を放っておくことなんてできなかった。

「いいよ、行こう！」

「……いや、でも」

空は俯いて、遠慮がちに声を出した。

「金色堂ならあとからでも行けるし。いいじゃない。スキー場なんて二十年ぶりくらいだから、私も行ってみたい」

私の返事が想定していないものだったらしく、今度は空のほうが反応に困っているらしかった。けれども、しばらくして気を取り直したように、

「うん。じゃあ……行こっか」と、小さく頷いた。

そのときの空は、私と『おくのほそ道』の旅をはじめて以来、いちばん目を輝かせていた気がする。

そして、そんな空の表情は、私の記憶の中にあったものによく似ていた。高校一年生だったときの、俳句甲子園。全国大会の出場を決めたときに、彼女が見せたものだ。

高速道路を飛ばして、スキー場に向かう。一度運転をして、感覚を取り戻していたこともあったのだろう。さっきは時速八十キロをやっと超えるくらいのスピードでおそるおそる運転していたのが嘘みたいに、私はアクセルを強く踏み込んだ。

うねうねと捻れるように曲がっている山道を進む。ぐるりと大きくカーブするのがもどかしくて、ここをまっすぐ進むことができればいいのにと、じれったい思いに駆られる。

その道中、大型観光バスとすれ違うたびに、ドキリと心臓が高鳴った。もしかすると、空が会いたいと言っている女の子が、そのバスに乗っていたかもしれない。

空も、同じことを考えていたのだろう。私と空は車内で言葉を交わすこともなく、ひたすら山奥に車を進めていった。

車に乗って、およそ一時間。ようやく夏油高原スキー場にたどり着いた。

駐車場で、私と空は立ち尽くしていた。

悪い予感が、当たっていた。

空がSNSを覗くと、「ぶん」というアカウントが、ちょうどバスに乗っている画像を投稿していた。さっきすれ違ったバスに乗っていたのだろう。

「ニアミスだったねー」私は取り繕うように笑って、「ごめんね……山道を時速百キロくらいで走れば良かったんだけど」と、冗談交じりに言った。

ほんの軽口のつもりだった。けれども、空は私の言葉に反応すらしなかった。

何も言わず、呆然として、駐車場に止まっている大型観光バスを眺めている。その中の一台に「ぶん」というアカウントの女の子がまだ乗っていることを祈るかのように、じっと同じ一点をみつめている。

「きっと、どこかで会えるって。元気出しなよ」

私はわざとらしい空元気で、空の肩にぽんと手を乗せた。

かすかに震えているのがわかる。

その感覚に驚いて、私は思わず、とっさに手を引いた。

「ゴメン……なんでもない、本当にゴメン」

絞り出すように空が言った。

「いいって、気にしないで。私も、こんな時期に雪が見られるなんて思わなかったから。来て良かったよ。……ねえねえ、いっそ滑っていく？」

私が掛けた言葉に、空は返事をしなかった。未練に取り憑かれたかのように、十分近くのあいだ、ずっとぼんやりとその場に立ち尽くしていた。

だから私は、最後に言いたかった一言を口にすることができなかった。

――ねえ、その「ぶん」っていう子、いったい誰なの？

11　霊水《れいすい》を撰《えら》ぶ

母校の校門をくぐるのは、大学四年生のときに教育実習で三週間通って以来、八年ぶりのことだった。

学校という空間は、建物自体が建て替えられでもしない限り、そう大きくは変わらない。実際には、通っている生徒たちが少しずつ入れ替わっている。けれども、まるでこの敷地の中だけが時間の流れから隔絶でもされたみたいに、同じ時間が繰り返し流れているように思える。

　放課後、だいぶ静かになった校舎内を、外に立っている電灯から漏れ入ってくる暖色のあかりだけを頼りに、暗い廊下を歩く。

　一階には、一年生の教室が並んでいる。廊下に入ってすぐのところにある一年一組の教室の前で、私は足を止めた。

　廊下と教室との境界にある窓が、開けたままになっている。

　あの日――空が文芸部に入ることになった日、ちょうどこの場所に立っていた。教室の中に、私を含めた四人のメンバー。廊下側から三列目、前から四番目の机を囲んで、どうやって五人目を集めようかと話していた。

　目の前の教室の中には誰もいない。

　その場所をじっとみつめていると、高校生だったときの私の姿がぼんやりと見えてくるような気がする。これは、あのときの空の視界だ。

　そういえば、空はどうしているんだろう。

　スキー場から平泉に戻ってから、金色堂を見て仙台に戻り、空の家に泊まった。

　次回の旅は新潟に出て、出雲崎に向かうことになっている。だから日曜日は、宮城県の尿前《しとまえ》の関から山形県の立石寺《りゅうしゃくじ》、尾花沢《おばなざわ》と駆け足でめぐってしまうことにした。

尿前の関は観光地らしい雰囲気もなく、今は再建された関所と芭蕉の像、句碑が立っているばかりだ。十二月の寒さの中、観光客らしい人もいない。

この道旅人まれなる所なれば、関守に怪しめられて、やうやうとして関を越す。

芭蕉が通った時代からほとんど旅人が通らない場所であることに加え、曾良の日記によると芭蕉たちは通行手形を持っていなかったらしい。そのため、二人は関所の役人に不審がられて尋問され、やっとのことで通過することができたのだという。そうしたいわく付きの場所だけれど、私たちの旅では、ほんの数十分くらいの滞在時間になった。

その道中、一見したところ、空はふだんと変わらないように見えた。けれども、二人で立石寺に車で向かっているときも、山形の空港で別れるときにも、どこか空の口数は少なかった。私が話しかけると、ぼんやりと返事があるくらいだった。あの女の子とタッチの差で会えなかったことが、そんなにショックだったのだろうか。

「あら、松尾さんじゃない！」

不意に背後から声を掛けられた。振り返ると、教育実習のときに指導教員だった、国語の皆川《みながわ》先生が立っていた。

「お久しぶりです、皆川先生」

私は慌てて頭を下げた。

「今は、松尾先生とお呼びしたほうがいいのかな」

軽口を言うように放たれた言葉に、私は畏《かしこ》まってしまう。

皆川先生は、私が高校生だったときに二十代半ばで着任した。当時は授業を受けたわけではなかったけれど、私にとってはあくまで先生。皆川先生にとって私は生徒であり、かつての実習生なのだ。

「今日はどうしたの?」

皆川先生の問いかけに、私は、

「鶴岡先生と、面会の約束がありまして」と、答えた。いつの間にか早口になってしまっている。もしかすると、緊張しているのかもしれない。

「鶴岡先生?」

「はい。今、勤め先で吹奏楽部の顧問をしているので、そのことでご相談が……」

皆川先生は「ああ……公立の学校は、そういうところが大変よね」と漏らすようにしみじみと声を出した。私の言葉で、いろいろな事情を察したらしい。

私の母校は東京に大学を持っている学校法人の附属校なので、今勤めている公立の学校とは予算規模の桁が違っている。校舎の設備も新しいし、体育会系や文化系の部活施設も整っている。

なにより部活動の顧問には、教員だけでなく外部の指導者を招くこともできる。野球部やハンドボール部、吹奏楽部は、全国大会の常連校だ。私みたいにピアノくらいしか触ったことのない国語教師が、吹奏楽部の指導に無理矢理宛がわれるようなこともない。

それに、外部の部活指導者がいれば教員は放課後の待機義務が軽くなる上、事務職員が多くて仕事の分担もできているから、四時四十五分の定時になると帰ってしまう教員も少なくない。午後八時過ぎまで毎日残業をして事務をこなし、授業準備のために家に教材を持ち帰って、深夜を過ぎても仕事を続けている私とは雲泥の差だ。

「こんな学校で働けるといいですね」

つい、本音が漏れた。自分の職場を否定してしまったような気がして、内心で反省をする。

けれども皆川先生は、気にしなかったらしい。

「そうね……公立で経験がある先生に、移ってきて頂けると嬉しいのだけれど」と、平然と言って、続けた。「松尾先生、修士の学位はお持ちだった?」

「えっ?」

皆川先生の問いかけに、思わず聞き返した。どういうことだろう。

私が不思議そうな目つきをしていたのを見て感じ取ったのか、皆川先生が説明をしてくれた。

「最近は、保護者の方も大学の学部卒が多いでしょう？ それで、大学を出た人がどれくらいの学力かをご存じだから。学校の先生にはせめてそれよりも力があってほしいという思いがあるらしくって。だからうちの学校も、大学院を修了している人でなければ採用しなくなっているのよね」

理由を聞いてみると、皆川先生の言葉はたしかに納得のできるものだった。公立の学校でもここ数年、進学校に異動になる先生は、大学院の修士まで修了している人が選ばれていることが多い。大学への進学を前提にしている私立の学校なら、なおさらそういった教員を求める傾向は強いだろう。

私も大学院まで行っていたら、少しは状況が違っただろうか。

類と暮らしていたときには、ときどき、類のことをうらやましいと思うことがあった。大学での卒論がけっして良い出来ではなかった自分が、研究に向いているとは思わない。それでも、もう少ししっかりと勉強して、着実な知識と思考を身に付けてから、教師という仕事に就きたかった。あるいは、私には無理だと呪いのように浴びせ続けられた類の言葉なんか無視して、休職でもして大学院に行っていれば良かったのだろうか。

類のことを不意に思い出して、私は自分の思考を打ち消した。すると、

「音楽室までお送りしましょうか？」と、皆川先生が急に改まった声を発したのが、耳に入ってきた。

「いえ、大丈夫です。学校の中は、よくわかっていますので」

「そう？　そうよね……じゃあ、がんばって」

皆川先生はそう言って、颯爽と歩いていった。

私より、十歳くらい年上だろうか。それなのに、私が高校生だったときと同じ雰囲気をまとっている。同じ教師であっても、余裕のある職場に勤めていると、変わらない姿でいられるのかもしれない。


渡り廊下を抜けて特別居室棟に入り、三階に向かう。長い廊下をまっすぐに抜けたいちばん奥に、音楽室がある。

この部屋に来るのは久しぶりだ。

教育実習のときには入らなかったし、高校では一年生で芸術の授業が終わってしまうから、十四年近くもここには足を踏み入れなかったことになる。

中に入ると、窓側にグランドピアノが置かれている。私が高校生だったときと、まったく同じ光景だ。鏡のように黒く光る表面には、私の体が映っている。丁寧にメンテナンスされているのだろう。

ピアノと黒板のあいだをすり抜けるようにして進むと木製の防音ドアがあって、これが音楽準備室の入口。鶴岡先生は、中で仕事をしていることが多い。

強めにノックをする。ややあって、

「どうぞ」と、くぐもった声が聞こえてきた。

「失礼します！」

大きな声を張り上げた。高校生だったときによくしていた振る舞いだ。その瞬間、まるで自分が十四年前に戻ったような感じがして、なんだか照れ臭くなった。気を取り直して、

「遅くなって申し訳ありません。メールでご連絡をさしあげました、卒業生の松尾美穂ですが……」と、社会人に戻って遠慮がちに挨拶の口上を声に出す。

「あら、松尾先生。おつかれさま」

急に先生と呼ばれたことに違和感を覚えながら、私は音楽準備室に足を踏み入れた。

蛍光灯の光の下、鶴岡先生が椅子に座っている。若い頃よりはだいぶ白髪が増えているものの、おっとりとした雰囲気は昔と変わらない。

私が鶴岡先生を訪ねたのは、吹奏楽部の合同練習をお願いするためだった。

地区大会では銅賞ばかりで、数年前に一度だけお情けのように銀賞をもらった学校の吹奏楽部。コンクールでは参加したすべての学校に銅賞以上が出されるので、私が指導しているのは、地区でいちばん下手くそな部だと言っても良い。

そんな学校の吹奏楽部が全国大会常連校に合同練習を持ちかけるなんて、失礼を通り越して迷惑にしかならないだろう。それに、私が指導している吹奏楽部の成績は、鶴岡先生もよく知っている。

それでも、このまま私が指導を続けていても、生徒たちが楽器をうまく演奏できるようになるとは到底思えない。せめて、同じパートをしている同年代の上手な生徒がどういう練習をしているのかを見せてもらうことができれば、少しは生徒たちが上達するきっかけになるかもしれない。そう思って、藁にもすがる思いでメールを送った。

何もしないで現状に満足するよりは、たとえ無謀な試みや、他の人にとっては少しくらい手間になることであっても、行動に移したほうが良い。自分でできないことは、他の人に頼ったほうが良い。

仙台での出来事があって、空に自分が仕事のことで苦労しているのを打ち明けてから、私はそう考えるようになっていた。

もう十九時を過ぎている。吹奏楽部の指導が終わってから待っていてくださった鶴岡先生に申し訳ないと思いながらも、

――大会が近くない時期に、一回か二回だけでもいいので、合同練習をお願いできませんか？

私はそう頭を下げようとした。けれども、鶴岡先生のほうが先に口を開いた。

「このあいだ頂いたお話だけれど、週に一日くらいでいいかしら？　たとえば、水曜の夕方だったら、私も時間を取りやすいと思うのだけれど」

その言葉に、

「週に一度ですか⁉」と、私の声が裏返った。

「もう少し組めそう？」

「いえいえ」私は慌てて手のひらを鶴岡先生のほうに差し出すようにして、大きく横に何度も振った。「それはあまりに申し訳ないです」

「そう？」

「一回か二回、ご一緒できればと思っていたのですが……」

「こういうことは、ある程度継続的にやったほうが効果があがるんじゃない？　それに、やっと感染症の状況も落ち着いてきて、生徒たちも交流ができるようになってきたのだし」

鶴岡先生が言っていることに、間違いはない。だから私は早口になって、

「あの……それはたしかに、そうなんですが」と、曖昧に言葉を濁す。

こうしてあたふたしていても仕方がない。鶴岡先生に促されてパイプ椅子に座り、私は自分の考えを正直に話すことにした。

担当している吹奏楽部の生徒は、けっして熱心に練習してきたわけではない。楽器を

演奏する上での基本的なことさえ危ういし、生徒によっては楽譜すらきちんと読めていないかもしれない。サボり癖のある生徒も多いので、大事な練習の日に来なかったりすることもある。

言葉を選びながら、なんとか説明をした。最後に、

「ご迷惑になると申し訳ないので、まずはお試しという形でお願いできませんか?」と、様子をうかがうように、鶴岡先生を覗き込んだ。

私が話を終えると、鶴岡先生は困ったように目を閉じて小さく息を吐いた。しばらくして、

「教員が自分の生徒のことを悪く言うのは、あまり感心しないですね」と、まっすぐにこちらをみつめた。

マスクで鼻から下が隠れているとはいえ、表情はいつもと変わらない穏やかなものなのだ。それなのに、私は鶴岡先生に気圧されていた。

「すみません……」

「謝らなくてもいいのだけれど。だったらなおのこと、一緒に練習しないと。うちの学校にはマイクロバスがあるから、そちらに行く形でよろしい?」

「は、はい!」

鶴岡先生の言葉に、私はすかさず返事をする。

無意識のうちに、大きな声になっていた。けれどもその声は、音楽準備室の壁に吸い込まれて、反響することもなく消えていった。

「じゃあ、来週から。準備はこちらでします」

「わかりました。お願いね」

私の返事に満足したらしく、鶴岡先生の目元が緩んだ。

そのあと、合同練習で扱う曲や、パート練習の進め方、私の勤め先で使える部屋など、具体的なことを次々に訊ねられた。だいたいは想定していた内容だったので、私はできるだけ簡潔に鶴岡先生からの質問に答えることができた。

最後に、鶴岡先生は言った。

「高校生なんだもの。コンクールの成績が違うくらいで、もともとの力の差はそんなにないのよ。それに、松尾先生の生徒さんたちが楽器を演奏するのが苦手なら、うちの生徒が教えてあげればいいじゃない。そうすれば、自分がふだん無意識に演奏していることを言葉にできるでしょう? それって、生徒たちにとっては、すごく大切なことなの。生徒がいちばん学ぶことができるのは、自分が身に付けてきたことを、誰かに伝えようとするときなんだもの」

私はひどく恐縮して、先生の言葉を聞いていた。

母校の吹奏楽部や先生に遠慮をして形だけの合同練習をしようとしていたことが、恥ずかしいことのように思えた。自分もまだまだ、教師として未熟だ。日々学ぶべきことがいくらでもある。

鶴岡先生は最後に、そんな私の思いを見透かしたように言った。

「教師をするということは、いつも試行錯誤をして、学び続けていくことよ。だから、今日のことは気にしないでね。私だって、いくらでも足りないことはあるし、若い先生から学ぶことも多いのだから」

ほっとして、体の力が抜ける。その一言を言い残し、鶴岡先生はお手洗いに行くと言って出て行った。

窓に強い風が吹き付けている。部活動の終了時間が過ぎて、暖房スイッチが全館で切られてしまったのだろうか。音楽準備室がだいぶ寒くなってきていることに、私はようやく気が付いた。足が冷たい。

コートを持ってくれば良かった。車の中に置きっぱなしにしてきたことを後悔しながら、手持ち無沙汰になった私はスマートフォンを取り出した。

相変わらず、空からメッセージが届いている様子はない。けれども、週末に新潟に行くなら、そろそろ空と打ち合わせをしないといけない。飛行機のチケットはもうとってある。

電子書籍アプリのアイコンが目に留まった。アイコンをタップすると、すぐに『おくのほそ道』が出てくる設定になっていて、このあいだの週末に行った「尾花沢」「立石寺」のところが開いたままになっていた。

このあたりは、『おくのほそ道』の中でも、比較的よく知られている章段だ。学校の教科書にも載っているので授業で何度も扱っていて、ほとんど本文を暗記している。旅の復習のつもりで読み進めていくと、目に留まったのは「羽黒」の章段だった。

> 谷のかたはらに鍛冶小屋といふあり。この国の鍛冶、霊水を撰びて、ここに潔斎して剣を打ち、つひに月山と銘を切つて世に賞せらる。かの龍泉に剣を淬《にら》ぐとかや、干《かん》将《しやう》・莫耶《ばくや》の昔を慕ふ。道に堪能の執《しふ》浅からぬこと知られたり。

芭蕉が羽黒山《はぐろさん》、月山《がつさん》、湯殿山の出羽三山を訪れたときの文章だ。

月山に登った芭蕉たちは、湯殿山を目指して山を下りはじめる。一・五キロほども岩場が続くその道のりは、出羽三山にある神社やお寺をすべて参詣するときの最難所だ。

その途中にある谷では、霊験あらたかな水を選んで刀を作ってきた。「月山」という銘を刻んで、世の中で名刀として賞賛されてきた。中国でも「龍泉」という泉の水を使って鍛えた剣をもてはやしてきたというが、それと同じこと。月山の刀鍛冶たちは、古代中国の干将《かんしよう》と莫耶《ばくや》という有名な刀鍛冶の夫婦を慕って、水を工夫していたのだろう。

そして、一つの道に秀でたものというのは、このように何かに拘りを持っているものだ。もしかすると鶴岡先生にとっては、学び続けるという姿勢が、教師として働いていく上でずっと拘っている部分なのではないか。

そういう姿勢の大切さは、私も頭ではわかっているつもりだった。けれども、この仕事を続けて年月が経つうち、教師としてのあるべき姿が、いつの間にかおざなりになっていたのかもしれない。

語られぬ湯殿にぬらす袂《たもと》かな

出羽三山の一つで、修験道の修行をするための霊場とされている湯殿山で修行する人は、山で起きたことを一切口に出してはいけないことになっている。だから湯殿山のことは、ほとんど世の中で語られることがない。芭蕉は初めて実際に湯殿山を訪ねてみて、そのありがたさに涙を流したという。

その一句をぼんやりと口に出すと、

「あら、『おくのほそ道』?」

不意に頭の上から声を掛けられた。画面を見ているうち、いつの間にか鶴岡先生が戻ってきていたことに気が付かなかった。

「すみません！」

私は慌てて、スマートフォンを上着のポケットに押し込んだ。

「いいのよ。この部屋はお手洗いが遠くて、お待たせしてしまったわね」

鶴岡先生は笑いながら、ふたたび私と向かい合った。自分の椅子に腰掛けながら、「授業の予習か何か？」と、訊ねる。

「いえ、そうじゃないんです。今、友人と一緒に『おくのほそ道』の名所を順番にたどっているので。もちろん、全部の場所に行くことはできないんですが」

「そうだったの。素敵じゃない」

「先生、覚えていらっしゃいますか。私と同じ学年で、先生のクラスにいた川谷空という子です」

「川谷……空さん？」

鶴岡先生は、眉を顰めた。

「……あっ、気になさらないでください」

私だって、今まで八年間担当してきた生徒全員を覚えているかというと、そんなことはない。地元のショッピングモールで買い物をしていてふと声を掛けられたとき、教え子だったと言われて、結局最後まで名前を思い出せないままやりとりをしていたことだってある。

教え子は毎年入れ替わっていくので、頻繁にやりとりするような生徒でなければ、なかなか記憶には残らなくなってしまう。職場の同僚の先生に訊いてみたところ、どの先生もだいたいそんな感じだという。覚えているのはたいてい、何か問題を起こしてその処理に苦労させられた生徒くらいだ。

「合同練習のほう、ぜひお願いします」

私は改まって、もう一度頭を下げた。

右の頰に手を当てて考え込んでいた鶴岡先生は、不意に話しかけられて驚いたように、

「えっ？　ええ……よろしくお願いするわね」と、ぼんやりと返事をした。

「では、失礼いたします」

母校の音楽準備室をあとにしたとき、私の頭の中は、合同練習のことでいっぱいだった。その当日だけは、生徒たちが部活をサボったりしないように頼み込んでおかないといけない。せめて同じ曲を合わせられるように、少しでも来週までに練習をしておいてもらわなくては。

そんなことが次々に頭の中を駆け巡って、気が付くと、さっき通った渡り廊下にさしかかっていた。ほとんど無意識のうちに、ここまで歩いてきていたらしい。

ちょうどそのとき、グラウンドのほうからやってくる女子生徒たちの一団の声が響いてきた。部活が終わったところらしい。おそろいのジャージにプリントされた文字から、

中等部の陸上部だとわかる。

こんな時間までやっているのか。驚きを覚えたけれど、そういえば私が高校生だった頃も、野球部やサッカー部、陸上部はずいぶんと遅くまで活動していると聞いていた。自分が半年間限定の文芸部に所属しただけであとは帰宅部だったから、こうして遅くまで活動するような生活を送っていなかった。

「こんにちは！」

一団の中にいる女子生徒の一人が、大きな声で話しかけてきた。外部からの来校者にはきちんと挨拶をするように。こういうちょっとしたことが、きちんと指導されていることがわかる。

すると、周囲にいた女の子たちも、次々に声を掛けてくる。

「こんにちは。部活、たいへんだね。おつかれさま」

とっさに教師としての振る舞いに戻って笑顔を作る。

その瞬間だった。

通り過ぎていく女の子たちのいちばん後ろに、どこかで見たことがある顔があった。

なんでだろう。今の母校に、知っている生徒なんていないはずなのに。

生徒たちの背中を追いかけながら、記憶をたどる。

……まさか。

「ぶん」だ。仙台で空のスマートフォンでSNSを開いたとき、空がやりとりしているアカウントから投稿された画像に写っていた。自撮りをしていたから、きっとアカウントの持ち主に違いない。

声を掛けようか、とも思った。

けれども、どう説明したら良いのだろう。友だちのアカウントを覗いたというのも、ちょっと気が引ける。そんなふうに迷っているうち、生徒たちの一団はどんどん遠ざかっていく。

私はとっさに、さっき音楽準備室でポケットに押し込んだままにしていたスマートフォンを取り出した。そして、いつも空とやりとりをしているSNSを立ち上げる。

――ねえねえ、鶴岡先生に会いに行ったら、空がよくやりとりしてる「ぶん」っていう子、私たちの母校でみかけたよ。もしかして、私たちの後輩？

メッセージを送った。

返事は、なかった。

バイト先の居酒屋で、夜勤に入っているのだろうか。そう思って、スマートフォンをふたたびポケットにしまう。

陸上部の女の子たちの姿は、もう見えなくなっていた。

私は、「ぶん」をみかけた興奮を抑えるように、ふうと大きく息を吐いて、駐車場のほうに歩を進めた。

12　金沢

母校で「ぶん」をみかけてから数日が経っても、空とは連絡がつかなかった。

『おくのほそ道』の旅は、空と一緒に行くと決めていた。だから、新潟に一人で行くという選択肢などあるはずもなく、その週末の飛行機チケットはキャンセルになった。

突然降ってきた休日。しかも、類と別れて以来、一人暮らしをしている。仙台と平泉のあいだで旅を休んでいた時期は引っ越し作業に追われていたので、こうして何かをするあてもないまま一人で過ごすのは本当に久しぶりだ。

そうかといって仕事をする気にもなれない。時間を持て余した私は、大垣駅から歩道橋でつながっているショッピングモールに向かうことにした。

ここは、勤め先の生徒たちが遊びに来ていたり、中に入っているテナントでアルバイトをしていたりすることも多い。だからふだんはできるだけ近寄らないようにしている。

それでも足が向いてしまったのは、たぶん、部屋に一人でいるという状況に寂しさを覚えていたのだろう。

二階の入口近くにある書店を覗いて、二冊だけ文庫本を買う。そのまま一階に下りて、生徒が周りにいないか左右に忙しなく視線を送る。端から見たらちょっとした不審者に見えたかもしれない。知っている顔がどこにもないことにホッとしながら、建物のちょうど真ん中あたりにあるカフェに入った。

大学生をしていたときや、就職してすぐにこの駅の近くで一人暮らしをはじめたときは、仕事帰りや休日にこうしてカフェで本を読んでいることも多かった。それなのに、今回同じように時間を過ごしていると、なんだかひどく場違いな気がして落ち着かない。

『おくのほそ道』の旅の途中、仙台でずっと喫茶店にいられたのは、空のことをずっと気に掛けていたので、自分のことに意識が向かなかったからだ。

活字が頭に入ってこなくなった私は、スマートフォンを手に取った。

もしかしたら、空からメッセージが届いているかもしれないと思ったものの、その期待はやはり裏切られた。

次の日からは仕事中でも、なんだかずっと落ち着かなくなった。そして仕事帰り、空のことを考えながら家に帰る車を運転していたら、一時停止を見落として事故を起こしかけた。

幸い、丁字路の前を赤い車が横切る直前でブレーキが間に合ったけれど、間一髪。

寒い冬の夜、相手の車から「危ないじゃないのよ！」と声を張り上げながら出てきた五十代くらいの女性に平謝りに頭を下げていると、どういうわけか急に笑いがこみあげてきた。

これじゃあまるで、初めて恋愛をした高校生だ。相手の一挙手一投足を気にして、連絡が取れないことにやきもきして、好きな相手が誰かと話しているだけで嫉妬する。高校生を見ているとときどきそういうタイプがいる。けれども、十代の頃の自分にはなかったことなので、そういう感情を自分が持っていたことに驚いていた。

赤い車を運転する女性の怒りがなんとか収まり、丁字路から離れることができた私は、ようやく冷静さを取り戻した。

どうして空はあんなに、「ぶん」というアカウントの持ち主のことを気にかけているのだろう。空との連絡が途絶えている原因がこのあいだ岩手でその女の子と会えなかったために落ち込んでいることにあるのなら、アカウントを覗いてみれば、空がこういう状態になってしまった理由を知るためのヒントが得られるかもしれない。

こんな簡単なことにさえ気が付かなかった自分に情けなさを覚えながら、車の運転席に戻ってSNSのアプリを開いた。

「ぶん」という文字を入れて検索をすると、同じ名前のアカウントがいくつか引っかかる。幸い、前に空のスマホで見たときのアイコンがそのままになっていたおかげで、すぐに探し当てることができた。

相変わらず閲覧制限もかけないまま、多くの写真が投稿されている。軽く眉を顰めながら投稿を順番に追いかけていく。こうして改めて見てみると、かなり頻繁に書き込んでいるらしい。

五分ほど眺めていたところで、首を傾げた。投稿された画像に写り込んでいる景色が、どこかで見たことのあるものなのだ。

検索を画像と動画だけに絞り込んで、追いかけていく。そこで、ハッとした。

水門川《すいもんがわ》、美登鯉橋《みどりばし》、住吉燈台《すみよしとうだい》……それに、駅前のショッピングモールまで写っている。

大垣だ。母校は私立だから遠くから通ってきている生徒も少なくない。けれども写真を見る限り、「ぶん」は大垣市に住んでいて、私の母校に通っている。

——……会いたい人がいるんだ。

空は、私との『おくのほそ道』の旅の途中で、そう言っていた。

この『おくのほそ道』の旅を続けていくなら、間違いなく終着点は、私が住んでいる大垣になる。つまりあの言葉は、旅の最後に大垣に来たとき、この「ぶん」という女の子に会えるかもしれないということを指していたのではないだろうか。

水くさいなあと、溜息を吐いた。

私が大垣に住んでいることは、話してあったはずだ。空だって、高校一年生のときまではここにいた。それどころか、岐阜市内から大垣の私立高校に通っていた私と違って、空は大垣の中学校を卒業していたはずだ。私よりも地元感が強い。それなのになぜ――。

けれども、と、思い直す。

そういえば、夏油高原スキー場で女の子に会いに行こうとしたとき、空はずいぶんと躊躇していたのだ。空があした態度をとっていたことには、何かそれなりの理由があるのかもしれない。


母校の吹奏楽部との合同練習の日がやってきた。

なんとかこの日だけはサボらないように吹奏楽部の生徒たちに頼み込んで、放課後しばらくのあいだはパートごとに自主練習をしておくように指示を出した。

ダウンジャケットを着こんで、約束の十六時に校門に立つ。私の勤め先から母校までは車で十五分くらいだし、この時間の道路はまだ比較的空いている。到着時間が大きく前後することもないはずだ。それでも私は十分近くも早く校舎外に出て、もしかしたら鶴岡先生から連絡がくることがあるかもしれないと、スマートフォンを片手にバスの到着を待った。

立っているだけで背中に嫌な汗が流れてくる。緊張しているらしい。

遠くのほうにバスが見えてきたときには、そのまま逃げ出してしまいたい衝動に駆られた。けれども、

――教員が自分の生徒のことを悪く言うのは、あまり感心しないですね。

鶴岡先生の言葉を思い出した。

生徒たちの練習が行き届いていないのは、指導者である自分のせいだ。だから、楽器を演奏することに長けていない生徒たちを見られるのが恥ずかしいと思ってはいけない。指導できない自分を晒して、改善していかなければいけない。

バスがゆっくりと校門をくぐる。玄関の前に停車する。しばらくすると、前方のドアから次々に、生徒たちが降りてくる。

鶴岡先生は、バスの運転手の人と話し込んでいる。帰りの打ち合わせだろうか。

生徒たちは、鶴岡先生の指示がなくてもバスの前できれいに整列をしている。全員が並んだタイミングを見計らって、部長らしい背の高い女の子が、

「本日はよろしくお願いいたします！」と、大きな声を張り上げた。それに続いて、他の部員たちがいっせいに、「よろしくお願いいたします！」と復唱して頭を下げる。

そういえば母校の吹奏楽部は、演奏をしながらその曲調に合わせて隊列を動かしていくマーチングでも強豪校として知られている。こうして訓練された吹奏楽部は、下手な体育会系の部活よりも統制がとれていて、まるで軍隊のように行動することができる。

私はそんな母校の生徒たちの振る舞いにたじろぎながら、

「よろしくお願いします。では、音楽室にどうぞ」と、内心の動揺をできるだけ表に出さないように笑顔を作った。だらだらと活動している自分のところの生徒たちは、一日で見限られるのではないか。そんな不安も頭をよぎる。

母校の生徒たちは、ざわざわとおしゃべりをしながら、私の前を横切っていく。バスを降りてきた直後と違って、生徒たちを取り巻く空気が少し華やいでいた。見知らぬ学校に入るということで、気分が高揚しているのだろう。どんなに大人びた振る舞いを見せていても、こういうところはやっぱり高校生だなと思う。

その様子を眺めていると、このあいだみかけた「ぶん」のことを思い出した。母校の生徒たちにこちらに来てもらうのではなく、私たちのほうからお邪魔する形にしていたら、もしかすると陸上部の活動を遠目に眺めることもできたかもしれない。写真で撮って空に送ってあげれば、連絡してくれるだろうか。

「今日から、よろしくお願いしますね。わざわざお迎えまでして頂いて、かえってご迷惑だったかしら」

鶴岡先生が、背後から不意に声を掛けてきた。私は慌てて、

「とんでもないです！　こちらこそ、ありがとうございます」と、頭を下げた。

鶴岡先生と並んで、校舎のほうに足を向ける。十九時に帰りのバスが来るので、練習

時間は十八時半までだそうだ。今からはじめると、二時間強。顔合わせとパート練習をして、四十五分くらい全体で合わせて演奏してみるという心づもりだという。鶴岡先生のほうで、スケジュールを立ててくださっていたらしい。

こちらからタイムテーブルを送るべきだろうとは思いつつ、初日だからと遠慮して送らずにいた。そのことを後悔していると、

「……そういえば、松尾先生。このあいだ、川谷空さんと一緒に旅をしているって言っていたわよね？」と、確認をするように鶴岡先生が言った。

「えっ？　ええ……」

「お話が中途半端になってしまったでしょう。だから、少し気になっていたの」

「あっ、すみません……」

そういえば私は、鶴岡先生が眉を顰めたのを見て、話を打ち切って音楽準備室を出てしまったのだ。たった半年とはいえ、鶴岡先生は空が高校一年生だったときの担任だった。もし私が鶴岡先生のように担任だったとしたら気にならないはずがない。

「彼女のこと、覚えていますか？」

「ええ」と、首を縦に振った。

「すごいですね。私、卒業生ってけっこう忘れてしまうので」

「このあいだ松尾先生から名前が出てきて思い出したのよ」

「ああ、なるほど！　彼女は同じ文芸部にいたんですが、あまり長くは一緒にいられなかったんですよね」

「そのことなのだけれど」

鶴岡先生はそこまで言って、言葉を区切った。

少し困ったような顔をして下を向き、考えをめぐらすように地面に眼差しを向けている。やがて、私の耳元に口を近づけて、

「個人情報だからあまり言ってはいけないのだけれど……一緒に旅をしているなら、もう知っているわよね。彼女、表向きは転校ということにしていたのだけれど、本当は退学してしまっていたでしょう？　だから、どうしているのか心配していたのよ」

「えっ？」

私はとっさに、聞き返した。

転校ではなく、退学？　どういうこと？　なんで？

頭の中に次々と、疑問が浮かんでは消えていく。私の脳は、スペックに見合わないアプリを動かしたパソコンみたいに、完全にフリーズしてしまっていた。

「先生、準備ができたのでお願いします」

吹奏楽部の部長、川原沙保里の声が、私の耳に割って入ってくる。練習が始まってしまったので、鶴岡先生の話の先を聞くことができなかった。

その会話をしてからというもの、私はずっと上の空だった。

鶴岡先生と手分けをしてパートごとの練習の様子を見る。母校の生徒たちと自分の学校の生徒たちは、思っていた以上にすんなりと練習に入っていった。その感触はあったものの、それ以上のことを考えるためには、脳のキャパシティが足りなかった。それほど、空のことにずっと気を取られていた。

俳句甲子園に出た後空とやりとりした記憶がなかったはずだ。考えてみれば、そのときにやりとりがあったのなら、別れの挨拶や連絡先の交換くらいはしていただろう。それがなかったから、SNSで偶然再会することになったのだ。

退学のことを私に言わなかった空に対してというよりも、そんな大事なことさえも知らなかった自分自身に対して、怒りにも似た感情が湧き上がってきた。こんな状態で、よく空と旅を続けていられたものだ。

声を掛けられた空は、私のことをどんなふうに思っていたのだろう。中退した高校の同級生にいきなり一緒に旅をしようと言われたとき、空はどんな思いだったのだろう。

部活のあいまに、生徒たちに隠れるようにしてスマートフォンを開いた。けれども何度SNSを覗いてみても、空からの連絡が届いていることはなかった。

年末年始は一度だけ岐阜の実家に顔を出して、わずか数時間の滞在で自宅に戻った。そのおかげで、この時期を数年ぶりに一人で過ごすことになった。

驚いたのは、類から年賀状が届いたことだ。そうはいっても、官製葉書の年賀状ではなかった。お正月のあいだに着くように現金書留を送ってきたらしく、その不在通知が郵便受けに入っていた。引っ越し先の住所は教えていなかったから、あえて前の住所宛に送って、転送されることを狙ったらしい。

再配達で届いた封筒には、赤い文字で「年賀」と書かれている。現金書留は年賀扱いにできないとはいうけれど、こんな手があったのか。

封筒を開くと、中に入っていたのは、ちょうど類がクレジットカードで使ったのと同じ金額のお金と手紙だった。よりを戻したいのだろうか。緊張した手つきで手紙のほうを開く。

——生活費が掛かるようになったので、アルバイトを増やしました。ひとまず、使ったお金を返します。

一画ずつ正確に書かれた楷書の文字だ。相変わらずだなあと苦笑する。中身を読むと、別に復縁を求めているわけではないらしい。大学院での近況と、私に追い出されてからジェンダー論の勉強をはじめたという内容が書かれていた。返信はいらないそうだ。

——美穂さんは調べもののスキルが高いので、もし大学院に行くつもりがあるなら、書誌学、文献学や、資料を具体的に調べていく研究が得意な先生を探したほうが良いと思います。ただ、高校の先生はきっと向いていると思うので、ぜひがんばってください。

最後に一言。そう書かれていた。

そうだよなあ……こういう人だったよなあ、と、六年前に類と名古屋で会ったときのことを思い出す。面と向かってやりとりをしなければ、類は冷静に目の前にある対象を分析することができるのだ。そして、こういうときの類の発言は、だいたいの場合が当たっている。

それでも、復縁しようとは思わなかった。今の私には、類よりももっと大切なものがある。

年賀状のほとんどは、他校に勤めている高校の教員仲間たちからだった。

勤め先の高校では、三学期になると三年生は授業がなくなって学校に来なくなるので、仕事のほうは少し余裕がある。新しい形式の授業にもだいぶ慣れてきたおかげで、少なくとも授業中に生徒たちがボールを投げはじめたり、数十分にわたって生徒と言い合いのバトルをして授業が止まってしまったりすることはなくなった。

吹奏楽部のほうも、冬休みのあいだに丸一日の合同練習を始めてからというもの、生徒たちは見違えるようにうまくなっていた。

母校の生徒たちは、それぞれの楽器パートについて私よりも詳しく知っている。だからうちの学校の部員たちの中には、初めて自分が演奏している楽器についてきちんと教えてもらったという生徒も少なくない。今までは上の学年の生徒が下の学年の生徒に教えるというスタイルだったけれど、そもそも上の学年の生徒も楽器ごとの指導を受けたことがないので、最低限、音を出すことができるというレベルだったのだ。けれどもそれ以上に、同年代の相手から教えられると、生徒たちはやはり熱心に話を聞くらしい。ちょっとしたきっかけ、さりげない一言でも、高校生くらいの生徒はがらりと変わることがある。そんな成長の過程を、私は目の当たりにしていた。

こうして私の日常は、少しずつ、うまく回りはじめていた。歯車がようやく嚙み合って、ガタガタとズレた動きをすることがなくなってきた感じ。

年賀状を捲りながら、そんなふうに去年一年間の自分の仕事を振り返った。

けれどもそのうち、不意に私の手が止まった。思わずあっと声をあげそうになる。

――このごろ、なかなか連絡ができなくてごめんなさい。

空からの年賀状だ。その文面を見た瞬間、私はすぐに気が付いた。とっさに葉書をひっくり返して、差出人を見る。たしかに左のほうに、川谷空という名前と仙台の住所が書かれていた。そういえば、仙台で仲直りをしたあと、私の住所を教えておいたことを思い出す。

もういちど裏面に返す。そこに書かれている文章を、私は食い入るようにしてみつめた。

——なかなか気持ちの整理がつかなくて、どうやって言い出そうか迷っているうちずるずる遅くなってしまいました。もし……まだ『おくのほそ道』の旅を続けてくれるようだったら、新潟をいったん飛ばして、金沢でお願いしても良いかな？

そこまで読んで、慌ててスマートフォンを手に取った。SNSのアプリを開き、メッセージを送るためのボタンをタップする。

——金沢！　いいね。いつならいける？

あけましておめでとう。その一言さえも打たないまま、私は震える手で空にメッセージを送っていた。

特急列車が福井駅に近づいたところで、窓の外に雪がちらつくようになった。この時期の日本海側の天気は崩れやすい。

目的地の金沢までは、まだ五十分ほどかかる。大垣から直線距離ならばそんなに離れていないのだけれど、線路が山のまわりをぐるりと回るように走っているので、飛行機で東北に行くよりも時間が掛かってしまう。

最近の車両はだいぶシートの座り心地が良くなっているとはいえ、腰とお尻が痛くなっていた。少し頭痛もする。ノートパソコンを膝に載せてずっと授業の準備をしていたせいだろうか。

私はパソコンの画面から目を離して、窓の外を眺めた。

芭蕉と曾良は岩手から山形を通って、新潟を抜け金沢に南下している。さらに金沢から福井に向かって歩いた北陸街道は、今の国道八号線の元になった道で、海に沿って通っている。一方で北陸本線は旧線が街道から東の内陸寄りに敷かれ、今の新しい線路はそこからさらに内陸を走ることになる。

これは、『おくのほそ道』を逆走しているうちに入るだろうか。

今までの旅の経験によると、逆走は少し縁起が悪い。

——父の実家が、金沢にあるんだよ。今は誰も住んでいないんだけれど、たまに親戚が掃除してるんだって。頼んでおけば泊まれると思うから、今回は交通費だけで済むと思う。もちろん、湯涌《ゆわく》温泉とかに行きたいなら、それでも構わないけど。

お正月に空から返信のメッセージがあって、それからもうだいぶ時間が経っていた。

今はもう、二月も半ばだ。

そのあいだSNSのメッセージで何度も空とやりとりをした。どうやら空は連絡がとれなかったあいだ、アルバイトを辞めて就職活動をしていたらしい。それで私に、『おくのほそ道』の旅についての連絡をとるのを躊躇っていたのかもしれない。

空は案外、本当に大切なことを他の人に言おうとしない。それは、高校生だったときには気付かなかった彼女の一面。一緒に旅をするようになって、初めて知った。

けれども、高校一年生のときに退学したことを誰にも言わずにいたのだとしたら、もともと空にはそういうところがあったのだろう。そのことに、私がずっと気付いてあげられなかったのだ。

訊きたいことは、いろいろあった。でも、空が言いたくないのであれば、たぶんそれは詮索してはいけないのだろう。これは、仙台でぶつかったときに得られた教訓。空は自分で抱え込んでしまう。本当に大変なときには手を差し伸べてあげたほうが良いのかもしれないけれど、それは空が心の底から望んだときまで待ったほうが良い。

だから私は、金沢で再会したときに彼女にかける言葉をもう決めていた。

――『おくのほそ道』の旅をするなら、金沢は外せないし。ちょうど良かったよ。

そう当たり前のように声を掛けて、空と私の関係を日常に引き戻す。

きっと空と私にとって、これくらいが心地良い距離感なのだろう。

金沢でいちばんの繁華街に当たる片町《かたまち》は、駅から二キロ以上離れた犀川《さいがわ》の周辺にある。中心になる駅が郊外にあるというのは地方都市でよく見られる光景ではあるものの、それにしても遠い。

タクシーかバスに乗ってしまおうとも思ったものの、私にとって金沢に来るのは初めてのことだ。素通りしてしまうのも勿体ないような気がして、歩いてみることにした。

金沢城公園と兼六園《けんろくえん》をぐるりとまわる百万石通りの一角、国道一五七号線に入る武蔵交差点の手前からは、道沿いの建物の屋根が張り出していてそこが歩道になっている。日本海側の雪国に見られるかつての雁木造《がんぎづくり》の名残だろうか。屋根から落ちた雪が、道路と歩道との境界に降り積もっている。それでも、二月の寒空の中でも早足に歩いているうち、だんだんと体が暖まってくる。

せっかくだから、兼六園と金沢21世紀美術館だけでも寄っていこうか。道沿いにある案内の標識を目にするたび、そんな誘惑に駆られる。けれども、空と約束した午後一時まではあと三十分ほどしかない。後ろ髪を引かれる思いでそれは断念して、時間までせめてお茶だけでも飲んでから行くことにした。

武蔵交差点のところで近江町《おうみちょう》市場に入り、鮮魚店を覗く。国道二四九号線に戻って交差点を北のほうに曲がり、浅野川《あさのがわ》を渡って少し歩くと、右手にひがし茶屋街が見えてくる。ここは、かつて花街として賑わった古い街並みがそのまま保存されている場所の一つだ。建物を眺めながら奥のほうに進んで、目的のお店である一笑《いっしょう》に入った。

ここは、加賀棒ほうじ茶で有名な丸八製茶場が開いている、ほうじ茶専門のカフェ。

ちょうどお昼ごはんの時間帯だったので、こういうお店はむしろ空いていたらしい。

渡されたメニューは、ほうじ茶と季節の和菓子だけ。ほうじ茶は、かつて昭和天皇が好まれたという献上加賀棒茶、そして加賀ほうじ茶、季節のほうじ茶の三種類がある。茶葉が入った小さな器で三つが運ばれてきて、茶葉だけの状態、お湯を入れた状態、それぞれで香りを嗅ぎ、飲みたいものを選ぶことができる。

私が選んだのは、いちばんスタンダードな献上加賀棒茶。お湯を入れると、茶葉を焙じたときの焦げた匂いの中に、茶葉の香りが混ざってふわりと鼻の周囲を包む。これほど香りを楽しむことができるほうじ茶があったのかと、衝撃を受けた。夏だったらアイスという選択肢もあったかもしれないけれど、この香りを楽しむためにはホットが良い。

口に含むと、香りが広がって、舌にふんわりと柔らかい感触がある。すっきりとしたお茶の上品な甘みの中に、何か今までに感じたことのない味が混ざっている。うま味……ではない。でも、たしかにそう表現したくなるような美味しさなのだ。

ほうじ茶という飲み物に対して持っていた私のイメージが、根底から覆されたような感覚。それを堪能した上に、サービスに季節のほうじ茶まで、小さな器で出してもらえた。こちらは、献上加賀棒茶よりも華やかな香りで、紅茶に近い味わいがある。

結局、私はお土産に三種類の茶葉をティーバッグで買い込んでから、ふたたび近江町市場を抜け、南に向かって歩いた。

犀川にかかっている犀川大橋を渡って、最初にある大きな交差点を右に曲がる。大正期から昭和中期にかけての詩人室生犀星《むろうさいせい》の養家だった雨宝院《うほういん》を脇目に見ながら二本目にある路地を左に折れると、金沢に江戸時代から残っている三つの茶屋街のうちの一つ、にし茶屋街がある。

市の北側を流れている浅野川の東岸にあるひがし茶屋街や、対岸の川沿いにあって泉鏡花《いずみきょうか》の小説にときどき出てくる主計町《かずえまち》茶屋街は、今ではすっかりリノベされて観光地の商店街になっている。

それに対して、にし茶屋街のほうは今でも本格的なお茶屋さんが五軒残っていて、そのお茶屋さんを介して芸妓遊びをすることができる。ただし、誰かからの紹介がないと一見さんが割烹に女性たちを呼んで遊ぶことができないという、昔ながらのスタイルだそうだ。

夕方に来ていれば、せめて三味線や太鼓の音を漏れ聴くくらいならできただろうか。石畳になっている道の両側に建つ古い木造の建物を眺めながら奥に進んだ。

茶屋街を抜けると、忽然と住宅街が現れた。

路地に入って進んでいくと、古い木造の家が見えてくる。玄関の引き戸の脇に住所の表示と「川谷」という表札が貼られていて、どうやらここが空の父親の実家らしい。

大きく息を吸った。少し肩の力が抜けて、無意識のうちに自分が緊張していたことを自覚した。

郵便受けのすぐ隣に、呼び鈴がある。ボタンを押すと、ブーッというブザーが響く。返事はない。留守だろうか。

二十秒ほど、私はその場にぼんやりと立っていた。

もう一度押してみて返事がなかったら、もう少し金沢の街を回ってから出直そう。そう思って右手の人さし指をボタンに近づけたとき、

「はあい、お待ちください」と、家の奥から女性の声が聞こえた。

足が床を叩く音が響いてくる。

引き戸がガラガラと音を立てて開く。出てきたのは、空だった。

「悪いね、わざわざ来てもらって」

空の声にも少し張りがないように聞こえたのは、周囲に降り積もった雪に音が吸収されてしまっていることだけが理由ではないように思えた。

「空、元気だった? 会いたかった!」

久しぶりに見た空に、私は準備していた言葉をすっかり飛ばして、そのまま空に抱きついた。

空はきょとんとして目をぱちくりさせてから、「とりあえず、外は寒いから中に入っ

てよ」と、笑って私を促した。

外から建物を見たときは、窓際の障子が破れていたり、道路に突き出た屋根が少し傾いていたりした。けれども空が言っていたとおり中はとてもきれいに掃除されている。

畳の上に薄い布団が敷かれていて、その上に炬燵が載せられている。中に膝を潜り込ませるようにして座ると、初めて入った家なのになんだかひどく懐かしい感じがした。

「美穂が来るから、私も少し念入りに掃除したんだ」

お茶が入った湯飲みをお盆に載せて、台所のほうから空がやってくる。

「なんだか、悪いことしちゃったかな」

「ああ、気にしないで。部屋をきれいにするのは嫌いじゃないから」

空は畳の上に二つ折りにした座布団を置いて、その上に腰掛けるように胡座を搔いている。このあいだ会ったときよりも、少し痩せただろうか。

「アルバイト、辞めたんだって？」

大垣からいったん名古屋駅に出て買ってきたお土産のお菓子を差し向けて、さりげなく声を掛ける。ぴよりん。名古屋コーチンの卵を使ってひよこの形に作られたお菓子で、前は知る人ぞ知るというものだったのだけれど、とある若い将棋の棋士が愛知県での対局でおやつとして食べて以来、行列に並ばないと買えなくなってしまった。いちばん奥に隠れているプリンの周りを覆うババロアがちょっと美味しくて気に入っていたので、なかなか食べられなくなってしまったことを個人的には少し残念に思っていた。それを、今日は早起きして買ってきたのだ。

「ちょっといろいろ、考えることがあってね」

「じゃあ、今はどうしてるの？」

「けっこう長く働いてたから、失業保険は入ってたのよ」

「あれって金額がけっこう少ないんじゃなかったっけ？」

「そうなんだよね。それに、給付されるのは四か月までらしいから、来月くらいにはなんとかするしかないかなあ」

「やっぱり、仙台で？」

「そうねえ……もうそろそろ、仙台にいることもないかもしれないんだけど」

「はっきりしないのね」

「うん、ちょっとね」

空の態度は、なんとなく煮え切らなかった。

東京にでも出れば、もう少し仕事も探しやすいんじゃないだろうか。一人暮らしなんだから、仙台にいる必要もない気がする。なんだったら、地元に戻ってきて名古屋で働くという選択肢だってあるだろう。私の部屋に住んでもらっても構わない。あるいは家族の事情か何かで、仙台で暮らしていかないといけない理由でもあるのだろうか。

そんな疑問を抱いていることが、表情に出ていたのかもしれない。

「いろいろ、訊きたいことがあるって顔してるね」と、空はすべてを見通したような顔をして言った。

「ああ、わかる？」

「鶴岡ちゃんに会ったって言ってたから。私のことも聞いてるんじゃないかと思って」

「うん、そうね……」

曖昧に笑って、返事をした。

空はしばらくのあいだ黙っていた。じっと考え込むように目を伏せている。

私も空に釣られて、身動きをすることもなく、彼女の次の言葉を待っていた。こうして相手の答えを待つことができるようになったのは、もしかすると、類とほとんど会話のない日々を過ごしてきたおかげなのかもしれない。

五分ほどが経った頃、ようやく空が口を開いた。

「美穂、『ぶん』をみかけたって言ってたよね」

「えっ……あっ、そうそう」

メッセージを送ったきり、そういえば「ぶん」のことについては返事がなかったのだ。

そのことを思い出して、

「めちゃくちゃ年下の母校の後輩とやりとりしてるんだね。どうやってみつけたの？」

と、声を弾ませる。

SNSって、ときどきそういうことがあってびっくりするよね。ユーザー検索をしていたら、昔の知り合いのアカウントをばったりみつけるとか。私と空もそうだったし、何人か消息不明だった同級生をみつけてメッセージを送ったこと、私にもあるよ。でも、歳が離れているとちょっと声を掛けにくいから、空ってすごいよね。私ももうちょっと見習って、コミュ力をつけないと。

そんなことを、早口に捲し立てた。

空は下を向いて、ただはにかむような表情を浮かべている。私の反応に、戸惑っていたのかもしれない。

「そうだね……そういうことって、あるよね」

空はなぜか、哀しそうな目で私を見た。けれども私はそのことに気付かず、

「でしょ？　たぶん、私がSNSをやっているのは……」

それが理由だと思う。

そう言いかけたところで、空が不意に私を見据えた。

意を決したように、まっすぐに私の目を見ている。

やがて、小さく息を吐くと、唇を嚙んでから絞り出すように言った。

「あの子、名前は文子《ふみこ》っていうの」

「へえ、そうなんだ。名前まで知ってるなんて、仲良いんだね」

「どうかなあ……。そうだといいな」

空は声を震わせて、上空を見上げる。そのまま、私の耳にやっと届くくらいの声を出した。

「……文子はね、私の娘なんだ」


私と空の二人で、『おくのほそ道』の旅に出よう。

その話を私が持ちかけたとき、空が真っ先に考えたのは、長いあいだ会っていない娘のことだったそうだ。

『おくのほそ道』の終着点、大垣。かつて空が住んでいたその街には、彼女が十六歳だったときに産んだ娘の文子が住んでいる。旅を続けていけば、もしかしたら会うことができるかもしれない。

「もしかして、それが高校を退学した理由……？」

予想もしていなかった話を聞いて、私は言葉を続けることができなかった。空は、

「高校一年生が子どもを産むなんて、学校としては体裁が悪かったんだろうね」と、表情を変えずに言った。

その言葉を聞いた瞬間、私が空の行動に対して抱いていたすべての疑問が一本の線につながった。

ダウンジャケットのポケットに押し込んだままになっていたスマートフォンを取り出す。震える手で画面を操作して、SNSを開く。いつも空が覗いている「ぶん」のアカウントにアクセスして、投稿されている画像を順番にみつめる。

「文子、ちょっと私に似てない？」

冗談めかして言われた言葉だったけれど、言われてみればたしかに少し面影がある気がする。空は脇から私のスマートフォンの画面を覗き込んで、目を細めた。

父親は、中学のときの同級生で、山下茂文《やましたしげふみ》というそうだ。彼の家は大垣市の船町《ふなまち》の二丁目——ちょうど、「奥の細道むすびの地記念館」の裏手のところにある。そこに今、空の娘の文子は住んでいる。

——……好きな人とつながれるから
——……会いたい人がいるんだ。

空がSNSを始めた理由。それを訊ねたときに口にした言葉の本当の意味を、私はようやく理解した。

けれども自分の娘だというのなら、会うことくらいはできるのではないだろうか。それなのに、わざわざSNSでやりとりして……しかも、どうして彼女は平泉で、文子に会うことをあんなに躊躇っていたのだろう。

その疑問に空は、

「だって、三歳のときから会ってないんだもん。今さら、どの面下げてって感じじゃない。大垣に行くのさえ申し訳ないと思ってたんだよね」と、答えた。

空は、十一年前に文子の父親に当たる山下茂文の実家に彼女を連れていって以来、一度も大垣の街を訪れていなかった。

心境が変わる兆しは、私が旅の誘いをする少し前からあったそうだ。そのきっかけが、SNSを始めたことだったという。

緊急時の連絡にメッセージ機能が使えるかもしれないから、SNSに登録してほしい。アルバイト先で店長からそう言われるがまま、空は私と同じSNSを使いはじめた。

「それまでスマホって電話くらいしか使っていなかったから、私にとっては崖から飛び降りるくらいの覚悟だったんだよ」

そう言って、空は笑った。

登録してはみたものの、はじめはどう使ったら良いかわからなかったらしい。

――はじめてみた。

私が空のアカウントをみつけたとき、その最初の投稿から次の投稿まで、日付が何日か空いていた。このことからも、あまり使っていなかったことはわかる。

けれども、空はみつけてしまった。

せっかくSNSを始めてみたということで、なんとなく他の人たちの投稿を眺めていたときのことだ。

「ぶん」という名前で、中学生の女の子が投稿しているアカウント。そこに、高校生の俳句甲子園と同じ兼題で俳句を作るように、国語の宿題を出されたという書き込みがあった。俳句甲子園の題そのものを先生が教えてくれなかったらしく、それをネットで調べることも宿題に含まれていたのだという。

——俳句甲子園って、なんだろう?

その投稿を見て、空は俳句甲子園のサイトをスマートフォンで開いた。そこには、新型のウィルス性感染症で俳句甲子園のルールが変更になったという記事が掲載されていた。

それを見た空が、書き込んだ一言。

——今の俳句甲子園、準決勝チーム決めるところまで投句審査だけなんだ⁉ 質疑応答がないと一発逆転が狙えないからキツいよねー。

それが、私が最初に空をみつけた投稿になった。

空はそう書き込んだあとで検索画面に戻り、過去に投稿された「ぶん」という女の子の書き込みを眺めた。

その中に、懐かしい風景を写した画像があった。

大垣の街。自分が高校のときに通っていたのと同じ校舎にある、附属中学校。子どものときに遊んでいた北公園。

「はじめのうちは、まさかSNSに投稿をしていた見知らぬ中学生の女の子が自分の娘だなんて思わなかったんだけどね」

それが娘の文子だと確信したのは、山下家の中で撮った写真が入っていたからだという。

偶然にしてはできすぎている。でも――

「空、SNSに登録してから、何度か俳句について検索したでしょ？　あと、投稿者の現在位置の検索を使って、大垣から発信されているアカウントもこっそり探してたと思う。もしかして、文子ちゃんがSNSをやっているんじゃないかと思って探してたんじゃない？」と、私はちょっとだけ意地の悪い言い方をした。

「ウソ!?　なんでわかるの？」

「私たちが使ってるSNSって、検索履歴がこっそり保存されているんだよ。だから、俳句とか大垣で調べて他の人の投稿を探したことがあると、それに近い投稿が表示されやすくなっているんだよね」

「怖っ！　ネット、怖っ‼」

「いいじゃない。私も同じことしたから、空のアカウントをみつけたんだし。もしうちの生徒が自宅周辺の画像とかを投稿していたら、たぶん私なら消去させるけど」
「なんで？」
「だって、住所とか特定できちゃうじゃない。女の子だと、けっこう危ないんだよ」
「……もしかして、美穂ってオタク？」
「ネットについて知ってる＝《イコール》オタクって、ちょっと発想としては古いんじゃないかな……」

空は私の言葉にどこか納得できない表情をして、スマートフォンをじっとみつめた。スクロールしているのは、「ぶん」――文子のアカウントらしい。

はじめのうちは、なかなか声を掛けられなかったそうだ。ただ眺めるだけ。

そんな状態から空と文子がやりとりをするようになったのは、夏休み明けに国語の授業で出された課題を、文子がSNSに書き込んだことがきっかけだったのだという。

――おくのほそ道について調べるって、何やったらいいんだろ。

山下家で育てられた文子は、県内の私立中学に入学していた。それは空と私の母校でもある学校の中等部だった。大垣市にある母校は中等部でも『おくのほそ道』について調べてレポートにまとめるという内容が課せられているらしい。おそらく、国語と歴史の学習とを兼ねた内容として設定しているのだろう。

それから空と文子は、SNSでやりとりをするようになった。空は自分が文子の母親であることを隠して、文子のために『おくのほそ道』についての情報を書き込んであげるようになったのだという。

どうりで一緒に旅をしている最中、私が『おくのほそ道』について説明した内容を、空がときどきSNSに書き込んでいたわけだ。

「でも、自分の娘でしょ？　だったら、母親だって言えば良かったじゃない」

私は軽い気持ちで、空に声を掛けた。でも、それは失敗だった。空は深い吐息を吐いて、絞り出すように答えたのだ。

「……無理だよ、そんなの」

空がそう考えている理由を知るには、文子を産んでから別々に暮らすまでに何が起きたのかについて、聞かなければならなかった。

子どもは産まないでほしい。妊娠二十一週までならまだ間に合うから、中絶してほしい。

高校一年生の夏。ちょうど、俳句甲子園の全国大会に行く直前のことだったそうだ。空が子どもを身ごもってしまったことを伝えると、山下茂文はそう言い出した。そのため、空とのあいだで大喧嘩になった。

授かった命を殺めるわけにはいかないという空と、自分たちでは育てることはできないと言う山下茂文。

妥協点はみつからず、二人は文子を授かってから喧嘩が絶えなかった。

「そんなことがあったんだ……」

私は溜息を吐いて、漏らすように言った。

「夏休みの頃は、まだお腹も目立っていなかったしね」

空の言葉を聞いて、そういえば全国大会の途中、空が何度か体調の悪そうな素振りを見せていたことを思い出す。

「もしかして、全国大会で具合がちょっと悪そうなの、つわりだった⁉」

「うーん……帰ってしばらくしてからが地獄だった」

空はそう言って笑った。

新学期がはじまる直前に鶴岡先生に相談をして、ほどなく空は文子を産むために高校を退学し、両親とともに仙台にある空の母親の実家に移ったそうだ。

翌年の四月、文子が生まれた。十八歳になった山下茂文と入籍し、二週間ほどは一緒に大垣で暮らしたものの、結局はすぐに別れることになった。空はふたたび仙台に戻り、祖父母と六人で住み続けることになった。

文子はほとんど手がかからない子どもだったという。夜泣きもほとんどせず、母乳もしっかり飲んでくれた。風邪を引いて慌てて小児科に駆け込むことはあったけれど、自分の両親はさすがに慣れていて、慌てる空を尻目に当たり前のように事を進めてくれた。

そういえば自分の生徒にも、十歳くらい年下の妹や弟がいるという子どもは少なくない。空が子どもを産んだのは十六歳のときだったから、空の両親にとってみれば、孫というよりも二人目の子どもという感覚だったのかもしれない。

「仙台で生活をはじめた何年かは、本当に幸せだったんだ」

空はしみじみと、深い響きの声で言った。言葉に偽りがないことは、そうした雰囲気からも伝わってきた。

けれども、そんな幸福な日々は、一瞬にして崩れ去ることになる。

十二年前に起きた、あの地震だ。

空が住んでいた母親の実家は、仙台港の近くにあったという。その日はたまたま父親が休みで、両親は家にいた。空は文子と二人で出かけていた。

それが、空たちの家族を引き裂くことになった。

自宅の一階にいた祖父母は亡くなり、空の両親は行方不明者二五二五人の中に含まれていたそうだ。結局、遺体はみつからなかったのだという。

その日から、すべてが狂いはじめた。

「高校を中退すると中卒の扱いになるって、鶴岡ちゃんにはかなりしつこく言われたんだけどね。あのときはそれがどういう意味を持つかなんてぜんぜん想像がつかなくて、別に中卒でもいいじゃん、って思っていたんだよ」

空はぽつりと、こぼすように言って続けた。

「前に、先生なんて安定した仕事をしている上に彼氏持ちなんて、美穂って勝ち組だって言ったでしょ？　あれ、けっこう本音だったんだ」

震災が起き、肉親を喪《うしな》ってからの生活。それは、空が予想していたよりも、遥かに厳しいものだったそうだ。

高校を中退した未成年の女の子を正規の社員として雇ってくれるところは、どんなに探してもみつからなかった。職場で話を聞く限りでは、今は昔と違って、大学を出ていなければ高卒でも就職が難しいのだという。たとえば高校が卒業のときに生徒に就職を斡旋しても、その会社をやめて転職しようとなると、大きな壁が立ちはだかる。そう考えると、空の生活がどれほど難しいものだったのか、ようやく私にも想像することができた。

メディアでは、震災から生活を取り戻した人や、震災にまつわる美談が数多く報道されている。けれども、空みたいに震災の傷跡を抱えたまま今でも生活を続けている人たちの姿は、なかなか東北の外にいる人間には見えてこない。

仮設住宅に移り住んだ空はまだ三歳だった文子を保育園に預け、アルバイトを転々として働き通しだったのだという。はっきりと内容を教えてはくれなかったけれど、一時期は男性の相手をする夜の仕事にも携わっていたらしい。

忙しく暮らすうち、空と文子との関係もおかしくなっていった。

「私、バカだからさ。働けるのに働かないなんて甘えだって、生活保護を叩いている人をネットでみかけて、これは受けちゃいけないものだと思ったんだよね。だから、なんとかして仕事をして、文子を育てようと思ったんだけれど……」

保育園に出かける前の朝食を作るような余裕もない。

出かける準備が遅い文子を見ては、苛立って大声で叱りつける。

毎日遅くまで働いて、迎えに行って自宅に戻ると、気が付くと眠ってしまう。食事を与えないことも、少なくなかった。

掃除をしている時間もないので、部屋はどんどん荒れていった。ごみが入った袋が積み重なって、床が見えないほどになっていた。

ストレス解消と称して、夜に文子を部屋に残し、友人と飲みに出かけることもあった。

気が付くと、文子は一週間以上同じ服を着ていた。

保育園の給食があったので文子が飢えることはなかったが、体重は増えていかなかった。

育児放棄《ネグレクト》。そう言われてもおかしくない状況だった。

保育園に行くと子どもたちどうしの接触が増えるので、どうしても風邪を引きやすくなる。文子が熱を出す。病院に連れていくために、急遽、職場に遅刻の連絡を入れる。けれども、身分はアルバイトだ。それが続くと、クビになる。

それが数回繰り返されたとき、空はとうとう爆発した。心に湧き上がった言葉を、そのまま文子にぶつけてしまった。

――アンタがいなければ、こんな苦しい思いをしなくて済んだのに！

文子に手をあげた。

思った以上に軽い子どもの体は、わずかな衝撃で吹き飛んでしまう。壁に頭をぶつけた。ぐったりした文子を病院に連れていき、事件が発覚した。

「……自分が悪いとはわかっていたんだけどね。ひどい言葉を掛けたのも一度や二度じゃなかった。今になって思えば、本当にひどい母親だったと思う」

このままだと自分が文子に何をしてしまうかわからなかった。だから、手放すしかなかった。

空はそう言って、絞り出すように声を出した。

体が震えている。

とっさに、体を投げ出すようにして、空の肩を抱きしめた。私の頬に、熱い水滴がこぼれ落ちる。

そのまま空は、大声をあげて、子どもみたいに泣いた。

金沢で一人で暮らしていた父方の祖母は病気をしていたので、頼る先は山下茂文のところしかなかったそうだ。それで結局、茂文の母親が文子を引き取ることになった。

出された条件は、一つだけだった。

山下家や文子とは、二度と連絡を取らないこと。

大垣にある山下家に文子を連れていき、仙台のアパートに戻った空は、文子を産んでから初めて泣いたそうだ。

高校一年の夏に妊娠が発覚したとき。

退学したとき。

山下茂文と別れたとき。

両親が津波で行方不明になったとき。

生活が立ちゆかなくなったとき。

空は一度も、泣かなかった。

「だって、文子がいたからね」と、空は薄く笑った。

そういうところ、私と空は少し似ている。

十六歳にして文子を産むという選択をしたのは自分だ。だから、なんとしても文子だ

け は守らないといけない。どんなに文子との関係が悪くなっていても、最後の最後で、空にはその思いがあったという。

文子を育てるために、自分は強くなくてはいけない。空はずっと、自分にそう言い聞かせていた。だから、泣かなかった。

そんな空のもとから、文子が奪われた。

狭くて古いアパートに、たった一人。自分の娘がいたはずの場所に、その姿がない。気配がない。

そのことに気が付いたとたん、ぷつりと緊張の糸が切れた。空は部屋の真ん中に蹲《うずくま》って、子どもみたいに、大声をあげて泣いていた。何度もしゃくりあげ、畳の上に胃の中身を吐き出すのも構わずに、一日、二日と、ずっと蹲っていた。

ごめんなさい。私が悪かったんです。

誰に向かって言っているのかさえわからない謝罪の言葉を、一人、部屋の中で呪文のように唱え続けていた。

数日が経って、ようやく部屋から出られるようになったという。けれどもそれからの空の生活は、生きながらに死んでいるのも同然だった。

起きて、アルバイトに出て、いつも無表情に淡々とアルバイトをこなす。仕事以外ではたまに居酒屋で知り合いに会うくらいで、あとはほとんど他人と話すことさえなく、職場とアパートだけを往復した。稼いだお金は国分町の居酒屋で使い、手元には残らなかった。そんな生活が、十年ほど続いた。

そのときの空が、私には想像もつかなかった。

私が知っている空は、のんびりしていて、マイペースで、何かいつも楽しそうにしている。興味が惹かれたことがあるとふらふらと近寄っていき、子どもみたいに目を輝かせて見入っている。

そんな彼女が、十年間ほとんど人と交わらずに生活をしていたなんて。

「だって、美穂がダメ男に捕まって苦労していたり、仕事がうまくいかなくていつもイライラしていたりだなんて、私には想像もつかなかったもん」

ようやく笑顔を取り戻した空が、続けた。

「人間って誰でも、人に見せている表向きの自分と、人には見せていないもう一人の自分を抱えているんだよ。隠している部分を見せる相手なんて、本当に大切な人だけなんじゃないかな」

空は私のほうをチラリと見て、

「ありがとう……美穂に話せて良かった」と、私の耳元で囁いた。

「このお墓の中に、両親の遺骨は入っていないんだよね」

空の父親だった人の実家を出て、願念寺《がんねんじ》に向かう途中。立ち寄った墓地にある川谷家の墓の前で、空は言った。

津波で流された空の両親の遺体は、今でもみつかっていないそうだ。

「いつかみつかったときに備えて、仙台に残っていようと思って。もしかしたら……ひょっこり帰ってくるかもしれない、心のどこかでそう期待していたのかもしれないね」

空はそう言って、「でも、それももう、そろそろ限界かな」と、落とすように笑った。

あの地震から十二年。両親を喪ったことへの悲しみは、ごく稀に、ふとした機会に湧き上がってくるくらいになったらしい。人間はいつまでも悲しみの中だけに生きていくことはできない。そうした感情はやがて風化していく。一方で、どこかでまだ両親がずっと生きているような気もする。そんな、不思議な感覚なのだという。

願念寺に着いた私たちは、芭蕉の句碑の前で立ち尽くした。


一笑《いつせう》といふ者は、この道に好ける名のほのぼの聞こえて、世に知る人もはべりしに、去年《こぞ》の冬早世《さうせい》したりとて、その兄追善《ついぜん》を催すに、

——芭蕉が金沢を訪ねたのは、門人の一人で、金沢で茶屋を営んでいた小杉一笑に会

うためだった。一笑は熱心に俳句に勤しんでいるということで、芭蕉のところにもその名が届いているだけでなく、世間でも名前が知られていた。けれども、前年の秋に早世してしまっており、芭蕉は会うことができなかった。そこで金沢を訪ねると、一笑の兄が追善のための法要を催してくれたのだという。

この願念寺は小杉一笑の家の菩提寺だということで、一笑を記念した塚が建っている。

塚も動けわが泣く声は秋の風

一笑の墓を前にした芭蕉は、こう詠んだ。

生前の彼を思って涙する声は、周囲に吹き付ける秋の風のようにわびしいものだ。そんな中、一笑の墓に向かって、動いてくれと呼びかける。もしかしたらその声が届いて、墓の中から一笑が甦って出てくるということも想い描いていたのかもしれない。『おくのほそ道』の中でも異色と言える、芭蕉の激しい感情が表出されているのが、金沢の句だ。

チラリと、空を見る。彼女はどんな思いで、この塚を眺めているのだろうと想像した。すぐ近くにある川谷家の墓では、どんなに墓石が動いてほしいと願っても、その中に空の両親はいない。空の両親がお墓の中から出てくることは起こりえないのだ。

「ねえ……空」私は一笑塚に視線を置いたまま、声だけを空に向けた。「もし良かったら、大垣に来る？　私の家、一人で二部屋はちょっと広いからさ。家賃なしで住んでもらっても構わないんだよ。ちょうど、彼氏が出ていって引っ越したばかりだから、そんなにちらかってないし」

　空はしばらく、私の言葉に返事をしなかった。

　塚の前から離れ、願念寺をあとにしようというとき。ぽつりと一言だけ、

「その話、ちょっと考えさせて」と、やっと私の耳に届くくらいの声で呟いていた。

　その言葉は、私に向かって言ったというよりも、空が自分自身に向かって問いかけているようにも聞こえた。

13　大垣

　三年後に、国語の教員が一人退職する。もし良ければそのタイミングで、後任の専任教諭として採用したい。

　母校の皆川先生から連絡を受けたのは、三月に入ってすぐのことだった。

けれども、条件があった。母校の教員になるには、大学院の博士前期課程を修了して、専修免許という私が持っている免許より一つ上のランクの教員免許を取らなくてはいけない。それを取得してほしいのだという。

そのためには、名古屋にある大学院に二年通う必要がある。そのあいだ、今の仕事をフルタイムで続けていくことは難しい。

そこで、皆川先生から一つの提案があった。もし可能なら、四月からはじまる新年度いっぱいで公立の先生を辞めて、一年後から非常勤講師として母校で教えてはどうか。非常勤講師は、部活や担任を持たず、授業だけしていれば良い。その二年間の給料は今の半分くらいになる。その代わり、その期間で大学院を修了する。

公立の学校よりも、私立の母校のほうが給料は高い。だから、十年単位で勤めるのなら、最終的には移籍してしまったほうが金銭的には有利になる。

給与表が添付されたメールに、そう説明が加えられていた。通常であれば外部の人間には見せられない資料を、私に送ってくれたことになる。皆川先生としてはそれだけ本気なのだろう。

大学院で、もう一度勉強する。

それは、私にとって魅力的な誘いだった。

何度もぶつかりながら、それでも類と暮らしていた理由。それはたぶん、類がうらやましかったからだ。

大学四年生のとき、本当は大学院でもう少し勉強をしたかった。あと二年間でいいからきちんと勉強をして、それから教員になりたかった。けれども経済的な理由や、両親のことを考えて、地元に戻って就職することになった。それがずっとどこかで心残りだった。

そこに、ちょうど大学の同期だった類が、名古屋にある大学の大学院に進学してきていた。類と一緒にいれば、私が大学院で学ぶかもしれなかった内容について、少しは話ができるかもしれない。そんな期待があった。後半の数年間はほとんど会話すらなかったけれど、最初の二年くらいはたしかに、類もそういう話に付き合ってくれた。けれどもそれからあとは、私にとってはむしろ、類という存在が枷になっていたのだ。

空に連絡をした。

こういう込み入った話ができる相手は、私にはもう空しかいない。

——私、大学院とか、そういう難しいことはよくわからないんだけどさ。別にいいんじゃない？　美穂がやりたいようにすれば。

空の答えは、シンプルだった。こういうところは、ちょっとうらやましい。

——そういえば、転職というか……移籍するってことは、母校の先生になるんだよね？

――そうね。

――だったら、私が高校に復学したら、美穂の生徒になれるんだ。ちょっとそれ、いいかも。

ぜったいやめて！

そうメッセージを打とうとしたところで、空からもう一通メッセージが送られてきた。

――美穂がしてくれた『おくのほそ道』の話、すっごいおもしろかったからさ。

それを読んで、送ろうとしていたメッセージを打ち込むことはさすがに自重した。

元同級生の友人が、教え子としてクラスにいる。しかも彼女の娘である文子も、まだ在学しているのだ。復学する年度によっては、母と娘が同級生になってしまう。これほどやりにくいことはない。

けれども考えてみれば、高校一年生のときに退学している空が復学するとすれば、いちばん可能性が高いのは母校に戻ることなのだ。十数年前とはいえ一度は入試に合格しているので、受け入れる側としては面接だけで再入学を認めることも多いだろう。逆に、他の高校に入り直すとなると、高校入試からやり直しになってしまう。だから、今の空の発言を否定するわけにはいかない。

もし空が復学してきたら、担任や教科担当だけはなんとか頼み込んで外してもらおう。

そう心に決めて私は、公立高校を退職するための進め方について調べはじめた。

——美穂の授業なら、きっと楽しく受けられるって思う。

続けざまに空からメッセージが届いて、なんとなく背中がむず痒くなった。


金沢での夜。今までいろいろと嘘を吐いたり、隠しごとをしたりしてきたことについて、空から平身低頭に謝罪があった。

高校一年生だったときに転校したという噂になっていたのが、実は退学だったこと。「ぶん」というアカウントの持ち主が、空の娘の文子だったこと。仙台での生活。どれもぜんぶ、一緒に旅をすることになった私を心配させないようにと思ってのことだったらしい。それに、転校したという噂については、高校一年生で妊娠したということが周囲に知られないようにという、母校の先生方の配慮もあった。

「まあ、気にしないで。そういうことって、たぶんけっこうあるよ」

私がそう言うと、空は呆けたように目をぱちくりさせていた。

「怒らないの？」

「怒ってほしい？」

「そういうわけじゃないんだけど……」

空によると、かつて結婚していた山下茂文はこういうとき、空のことを罵倒して暴れるようなタイプだったらしい。小学校から中学校にかけての幼なじみで、いつもはおとなしい性格だったから、わずかな期間だったとはいえ同居したときにはひどく驚かされたのだという。

「私が空と同じ立場だったら、たぶんそうしたと思うから」

そう言って聞かせると、空はようやくホッとしたように肩の力を抜いた。

それからというもの、空からのメッセージは、それまでよりも頻繁に届くようになった。

空の就職活動のこと。私の移籍の話。他愛のない日常について。そして、文子のこと。

一緒に旅をしているあいだもいろいろなことを話していたけれど、それ以上に、私と空は距離が近くなったように思えた。

けれども、一つだけ。三月も半ばになっても、まだ返事がもらえていないことがあった。

——もし良かったら、大垣に来る?

小杉一笑の塚の前で、空に向けた問いかけ。その答えは、まだもらっていない。だから、私と空の旅は、まだ終わっていなかった。

終着点の、大垣。

一緒に『おくのほそ道』の旅をすると決めたからには、いつかは空に、私が住むこの街に来てもらわないといけない。

だから私は祈りを籠めるように、スマートフォンの画面にメッセージを打ち込んで、送信ボタンをタップした。

——ねえ、『おくのほそ道』最後の旅、いつにしようか？

春休みになった。

終業式は三月二十日に設定されているけれど、三月はじめにある学年末試験を過ぎると、生徒たちは部活に出る以外には学校に来なくなる。年度末の事務仕事と新学年の準備はあるものの、仕事が少し落ち着く時期だ。だから教員のあいだでは、試験の返却日を過ぎたら、もう春休みと呼んでしまうことが習慣になっている。この時期に溜まりに溜まった有給休暇を取って、出かけてしまう教員も少なくない。

けれども私のほうは、相変わらず毎週水曜日に合同練習が続いていた。そのおかげでまとまった休みを作ることもできず、せめて四月に入ってからの授業準備が少しでも楽になるようにと、毎日出勤しては仕事をする日々が続いている。気楽な一人暮らしになったので、家にいるよりは職場に出てしまったほうが落ち着くということも大きいのかもしれない。

それに、合同練習のために鶴岡先生と毎週顔を合わせていたことで、思わぬ副産物があった。そのおかげで空が、大垣にやってくることになったのだ。

三月二十六日。お昼前に中部国際空港に到着する飛行機で、空はやってきた。

ここから名古屋までは、電車でおよそ四十分。

「名駅って、こんなになったんだ⁉」

駅から一歩外に出るなり、空は目を瞠《みは》った。十年ぶりくらいで名古屋を訪れた人が、しばしば見せる反応だ。

私たちが子どもだった頃の名古屋駅は、東海道新幹線が停車する日本で有数の大都市のターミナル駅だというのが嘘みたいに何もなかった。太閤通口《たいこうとおり》のほうには古いホテルが建ち並び、大きな建物と言えば、松坂屋名古屋駅店とその隣にあった名古屋ターミナルホテル。あとは、大名古屋ビルヂングの旧館。繁華街といえば、地下鉄東山《ひがしやま》線で二駅乗ったところにある栄《さかえ》のほうだったのだ。鉄筋コンクリートの低い建物だった名古屋駅は薄暗くて、西側にあるバスターミナルに向かうのが、子ども心に少し怖かったような記憶がある。

そんな状態だった場所が、一九九九年から二〇〇〇年にかけてJRセントラルタワーズができた頃から、次々に超高層ビルが建つようになった。

空はきっと、それ以前の記憶のままで止まっているのだろう。

「せっかくだしごはんでも食べてく？　ひつまぶし、味噌カツとか。味噌煮込みうどんとか」

私が声を掛けると、空は腕組みをしてうーんと唸った。

「名古屋めしってだいたい、どこかの料理のパクリだからなあ……」

「いきなり全名古屋民を敵に回すような発言はやめなさい」

「元岐阜県民としては、鶏《けい》ちゃんとか、豆腐田楽と菜めし、朴葉《ほおば》味噌を応援したいじゃない。味噌煮込みうどんを食べるなら、せめて一宮《いちのみや》の太田屋に行くとか」

太田屋とは、一宮市の真清田《ますみだ》神社の裏手にある、味噌煮込みうどん発祥の店と言われているところだ。名古屋のお店に多くある平たい麺ではなく細い乾麺を使っているのが特徴で、脂っこくないので胃に優しい。

「じゃあ尾張一宮《おわりいちのみや》まで行ってみる？」

「一宮といえば、ベトコンラーメンとか、どう？」

「あっ、そうね……」

ベトコンラーメン。名古屋めしとしては、台湾ラーメンのほうが全国的に有名だ。けれども東海地区では、一九六九年に開店した一宮市のラーメン店新京《しんきょう》が作ったとされるベトコンもよく知られている。公式にはベストコンディションラーメンの略称だという。でも、どう考えてもベトナム戦争が名前の由来だとしか思えないというネタ感もあって、ちょっとした会話の種になる。

調べてみると、今は一宮の店舗は閉じてしまって、名古屋駅と栄のあいだにある伏見の店舗がメインらしい。それに、大垣に住んでいるとなかなか食べる機会もないので、空の提案にしたがって向かってみることになった。

鶏ガラと醬油ベースのスープに、唐辛子と大量のニンニクが入ったスープ。レンゲを底のほうに沈めると、柔らかくなったニンニク片をゴロゴロとすくうことができる。

「これを食べたらニンニクの殺菌効果で、腸内細菌が善玉菌、悪玉菌関係なく、ぜんぶリセットされる気がする……」

私が苦笑しながら言うと、

「少なくとも、今日はもう人には会えないよね」と、空はレンゲに載せたニンニク片をまじまじと眺めた。

「今はマスクをしているから、もしかしたらにおいが漏れずに済むかも？」

「そうだね。他に予定もないし、大丈夫でしょ」

空はそう言ってニンニクをスープと一緒に口の中に注ぐと、「うまっ！」と、小さく声をあげた。

私も口に入れてみる。たしかに、柔らかくなったニンニクがほろりと口の中で崩れ、辛みと塩気の中に混じって、強烈な旨みが口の中に広がる。ちょっと固めの細麵が、このスープにはよく合っている。

「これって、もしかしてビールとかもいけるラーメンじゃない？」

空がラーメンを口にしながら、チラリと上目遣いに私を見た。

「もう、それは考えないようにしてたのに……」

土曜日とはいえ、まだ昼下がりだ。この時間からお酒を口にするというのは、かなりの罪悪感がある。

「すみませーん。瓶ビール一本と、グラス二つで。あと、ゲソカラください」

私が悩むよりも先に空は店員さんに声を掛けていた。

「ちょっと、空⁉」

「いいじゃん。大垣に行くにしても、明日になるんだよね？」

空はそう言って、ニヤリと笑みを浮かべた。

「まあ、そうだけど……」

「それに今日は私、栄に泊まるんでしょ？　だったら平気だよ。ここから歩いて十分からないみたいだし」

そう言われて、私も空の昼飲みに付き合うことにした。

私の自宅は大垣にあるし、２ＬＤＫの部屋で一人暮らしをしている。だから、空を泊めることもできた。けれども名古屋に泊まってもらうことにしたのには、いくつかの理由があった。

一つには、類と別れて引っ越しをしたときに、自分用以外の寝具を捨ててしまっていたことだ。

それから、名古屋のホテルは日によっては安い値段で、そこそこきれいなところを確保できること。これは、新型のウィルス性感染症が広がる前、海外からの旅行客が名古屋に多く泊まっていたために、ホテルが増えていることが原因らしい。

けれどもこの二つは、あくまで表向きの理由に過ぎなかった。いちばん大きな理由は、翌日の私たちのスケジュールにあった。

午後二時。お店を出たときには、私と空はけっこう足下が覚束なくなっていた。瓶ビールだけでは飽き足らず、短い時間でハイボールと芋焼酎の水割りまで飲んだのだから、当然と言えば当然だった。

「せっかく大垣から名古屋まで来てもらったのに、ごめんねー。ちょっと、ホテルで休むわ」

空はそう言って、栄のほうに足を向ける。

「うん。じゃあ、明日」

私が声を掛けると、空はその場に立ち止まって、はにかんだような表情で私のほうに振り返った。その様子は、緊張していることを誤魔化しているようにも見えた。

明日の約束は、午後一時。大垣駅の改札前。そこで待ち合わせて、旅のゴールである「奥の細道むすびの地記念館」に向かう。けれどもその前に、私は重要なミッションをこなさなくてはいけない。


日曜日の大垣駅は、思った以上に多くの人で賑わっていた。予定より三十分以上も早く着いてしまった私は、なんとなく駅の改札前でぼんやりとしていた。

電車が到着した振動音が響く。しばらくすると大勢の人たちが改札から出てくる。その中に空の姿があるかもしれない。一人一人の顔を目で追いかける。

多くの人がマスクをするようになってからというもの、人の顔を認識することが難しくなっている。自分が担任をしている生徒の顔ですら、なかなか覚えることができない。私たち人間は他人を認識するとき、顔全体のイメージで見ていたのだろう。目元や髪型、背格好だけでは情報が少なすぎるのだ。

それでも空だけは、マスクをしている状態で人混みの中にいても、すぐにみつけられるという自信があった。十二時四十七分着の電車が到着したらしい。そこから降りてきた人の波が途絶えるまで、目の前を通る人たちの顔を何度も目で追っていた。

結局、空の姿はみつからなかった。

スマートフォンの画面を見る。メッセージは届いていない。

もともと地元だったのだから、さすがに養老《ようろう》鉄道の乗り換え改札口のほうに間違えて出てしまったということはないだろう。電車を一本、乗り過ごしでもしたのだろうか。次の電車は十三時二分に着く。でもそれなら、一言くらい連絡をくれる気がする。

そう思ってやきもきしていると、

「ごめーん、トイレ行ってたんだ。待たせた？」

空が改札の中から、大きな声を張り上げた。

その姿が、高校生だったときの空と重なって見えた気がした。大垣に戻ってきたことで、空はかつて彼女が持っていた雰囲気を取り戻したのかもしれない。その姿は、二人で旅を始めたばかりのときに、彼女に対して私がイメージしていたものに近かった。旅を続けていくうち少しずつ彼女への見方は変わっていったのだけれど、それが不意に戻ってきた感じ。

「行こうか」

私は空に、声を掛けた。

「うん」

空は小さく返事をして、頷いた。目元を見ると、少し緊張しているのがわかる。

「大丈夫だって。ちょっと挨拶に行くだけなんだから」

私が空の背中をぽんと叩くと、空はびっくりしたように声を上げて、前に倒れかけた。

「あっ、ゴメン」

私はとっさに口に出した。

「ううん、気にしないで。珍しいよね、美穂がいつものペースで、私のほうが緊張してるなんて」

空の言葉に、無理もないよなあ……と、内心で呟いた。

毎週水曜日の合同練習で鶴岡先生と会っているうち、ふと空の話になった。

——そういえば松尾先生、川谷空さんと一緒に『おくのほそ道』の旅をしているのよね？

鶴岡先生は、前に私と音楽準備室で話していたことを思い出したそうだ。そのとき、空の娘の文子が先生の勤務先——私たちの母校に通っているということを言いそびれたらしく、ひどく申し訳なさそうに謝罪をされた。

考えてみれば、空についての話が途中で途切れたのは、私が鶴岡先生との会話の話題を合同練習のことに戻してしまったからだ。だから、先生の様子に私が恐縮してしまい、お互いに頭を下げあうことになった。

空について話をするうち、鶴岡先生は言った。

――『おくのほそ道』の名所を順番にめぐっているのなら、いつか大垣に来ることもあるんでしょう？　だったらそのとき、川谷さんと一緒に、学校に遊びに来たらどう？　私も担任として彼女が退学するときに話したきりだから、久しぶりに会ってみたいわ。

その一言で、空と私たちはこの日、鶴岡先生に会いに母校の音楽室に出向くこととなった。

大垣駅から母校までは、歩いて十分ほど。

「そういえば、文芸部の活動のあとで他のみんなと一緒に駅に向かって帰ったことはあったけれど、こうして二人で学校に登校したことはなかったよね」

私が言うと、空は、

「せっかくだから、制服着てくればよかったかな？」と、茶化すように言った。

「制服は無理！　それだけはやめて！」

私は顔を真っ赤に火照らせる。三十を過ぎて高校の制服を着るというのは、あまりに恥ずかしい。

「えーっ、だって美穂、ほとんど見た目変わってないじゃない。ぜったいに似合うって」

空の言葉は、お世辞だとわかっていながらちょっと嬉しい自分もいた。けれども同時に、恥ずかしさのほうがどんどん高まっていく。

「そういう問題じゃないから！」

「学校にあるんじゃない？　借りてみる？　体操服とかも、美穂って似合いそう」

「もうやだ……空一人で行ってよ」

「冗談だって。そういうところ、美穂って本当にかわいいよね」

私は頭を抱えた。歩いているうち、空はすっかりいつもの調子を取り戻していたらしい。いつもの調子というよりは、むしろ高校生だったときの彼女になっていったと言うほうが正確な気がする。たしか文芸部の活動を終えたあとの帰り道、みんなで一緒に駅に向かっているときに、よくこういう他愛のない会話をしたような記憶がある。

私はいつもこうして、空からイジられる役。けれども空がこういう話の振り方をしてくれるおかげで、同級生たちから真面目一辺倒だと思われていた私のイメージが崩れていった。それが、文芸部の女の子たちと私との距離を縮めてくれたのだ。

校門に近づくにつれて、チェックのスカートに紺色のセーラーブレザーや、臙脂色のジャージを着た女の子とよくすれ違うようになった。春休み中の日曜日でも、部活かなにかのために学校に来ているのだろう。

――もしかして、文子ちゃんにばったり会ったりすることもあるんじゃない？

空にそう声を掛けようとして、その言葉を飲み込んだ。

だいぶいつものペースを取り戻しているとはいえ、空は相当緊張しているはずだ。もし彼女が本気で復学を考えているのなら、鶴岡先生に会いに行くというのは、今日の訪問は単に学校のOGが母校を訪ねていくという以上の意味を帯びることになる。そんなときに、十一年間会っていない娘のことを話すというのも、彼女にとっては酷なように思えた。

校門に着く。すぐ脇に立っている桜の花が少し早い満開を迎えている。

鶴岡先生は、そこに立っていた。

「……川谷さん」

呟くように、声を出した。

「お久しぶりです、鶴岡先生。ご連絡もさしあげず、申し訳ございませんでした」

空が大人っぽい振る舞いになって、律儀にお辞儀をした。

私が見たことのない空が、そこにいた。

考えてみれば、当然のことだ。

鶴岡先生とは十五年近くも会っていなかった。そのあいだ、空はいくつもの仕事をこなしながら、社会人として生活をしてきた。母親としてたった一人で文子を育てていた時期もあった。その中で培われた大人の女性としての空が、不意に私の前に現れた。

「そんなに改まらないで。鶴岡ちゃんで良いのよ」

鶴岡先生の言葉に、空は、

「あの頃は若かったもので、たいへん失礼しました」と、一瞬だけあどけない表情を見せた。

「本当にごめんなさいね。あのときは、担任としてあなたを守ってあげることができなくて」

鶴岡先生の口から出たのは、謝罪の言葉だった。

今の学校現場であれば、生徒が妊娠、出産という状況になってしまったとき、かつてのように生徒を退学させて事態を収束させるようなことはしない。たとえば出産や子育てを待って復学させたり、時には産んだ子どもを学校に連れてこさせて、昼間は保健室で面倒を見てあげたりすることもできる。

けれども私たちが通っていた時代の学校では、そうした考えには至らなかった。だから鶴岡先生は、周囲の先生たちからの批判的な視線に晒されながら、断腸の思いで空を退学させることしかできなかったのだという。

「気になさらないでください。あのときは、自分が考えなしにしてしまったことなので」

空は慌てて頭を振った。

「ええ、ありがとう。そう言ってもらえると、救われるわ」

けれども、そう口にしたときの鶴岡先生の目は、どこか悲しそうな色を帯びていた。

そして、「じゃあ、音楽室に行きましょうか。立ち話というのも、申し訳ないもの」と、鶴岡先生が振り返ったとき。

風が強く吹いた。

校門の周りに咲き乱れる桜の樹が煽られて、無数の花びらが宙を舞った。

息を呑んだ。

その瞬間、私たちの時間が止まった。

校門から出てきた、中等部のジャージを身にまとった集団。陸上部の生徒たちがランニングをしているのだろうか。

その中に、見覚えのある顔があった。

玉子のようにつるんとした顔立ちに、大きな目。背が高くて、身長は一六〇センチくらい。

ぶん……文子だ。陸上部の集団の中に、また彼女が交ざっている。

その女子生徒のほうに、私は足を一歩踏み出しかけた。

呼び止めようとして、喉元まで声が出かかった。

あなたにどうしても会いたがっている人が、ここにいる。そう、伝えようとした。

「空っ！」

声を掛けた。けれども空は、その女子生徒をぼんやりと目で追っているばかりだ。

ランニングをしている生徒たちは、あっという間に、私たちの脇を通り過ぎていく。

私は彼女の背中を目で追いかけながら、

「追いかけようよ、ねえ。空！」

空の手を摑んで引っ張る。

「ううん、いいよ……」

涙交じりの、絞り出すような声が聞こえた。

「だって！」

けれども空の表情を見て、私はそれ以上、文子を追いかけるように促すことをやめた。

――今さら母親だなんて言っても、文子にとってはいい迷惑なんじゃないかな。私があの子を苦しめたことは間違いないんだし。……だから、これは私への罰なんだよ。

金沢での夜、空はぽつりとそう呟いていたのだ。

きっと二人のあいだには、まだここで声を掛けることができないほどの距離があるのだろう。空と文子が別々に暮らすようになるまでのあいだ、それだけ苦しい毎日を送っていたのだろう。

当事者ではない私が、空の悲しみを共有しようとしたり、空のことを慰めたりしても、それはきっと自己満足にしかならない。

私は震災も経験していない。自分の娘との関係で思い悩んだわけでもない。

でも、私にもできることがある。

それはきっと、寄り添うこと。忘れずにいること。

いつでも求められるときに空の話を聞いて。ちゃんとあなたが悲しみやつらさを抱えていたということは、覚えている。きちんとそう伝えてあげること。

震災や、文子との困難な生活を乗り越えてきた空は、私が仕事のことや類とのことで苦しんでいたときに、ただ私の話を聞いてくれた。

話し相手になってくれて、私をもう一度立ち直らせてくれた。

私たちはそうした過程を経ることではじめて、もう一度生き直すことができる。深い悲しみから立ち上がって、もう一度、自分の生活を取り戻すことができる。

悲しみを通り過ぎて、それでもなお生き続けてしまっている私たちは、そうして生きていくより他に仕方がない。

それでも私は、なんとかして空に手を差し伸べたい気持ちを抑えることができなかった。

『おくのほそ道』の旅の初日。私は深川の芭蕉庵でスマホで写真を撮って、SNSに投稿した。得意ではない俳句を詠むよりは、そのほうが良いと思った。

でも……今はそれではだめだ。

スマホを取り出して、母校の周りを走る陸上部の部員たちを後ろから撮る。スマートフォンを開いて、空に向けたメッセージに貼り付ける。そこに一句。

「母校にてなつかしきかな初対面」


無季の俳句がすっと出てきたことに、自分自身でも驚いた。

少し前の私だったらきっと、季語がないからダメだと考えてボツにしていただろう。あるいは、なんとかして季語を入れようと、あれこれと悩み始めたかもしれない。

でも……今、空に送るメッセージとしては、悪くはない句のように思える。

あの日母校で目にした文子は、初めてはっきりと見たはずなのに、けっしてそうは思えなかった。母親のかつての面影があって、どこか懐かしさを覚えたからだ。

そのときのふとした気付きが、心に浮かんできた。それを素直に詠み出すことができた。

もしかすると、空と旅を続けているうちに、私は少しずつ変わっていたのかもしれない。スマホの画面を眺めながら、そんなことを考えた。

メッセージが届いたらしい。空のスマートフォンが、ブーンと低い音を立てて震えた。

空は目を小さく見開いてそれを手に取り、画面に視線を落とした。そして、

「うん、良い句じゃないかな」と呟いて、自分自身を納得させるように小さく頷いた。

私たちは遠い目をして、ずっと文子の背中を追い続けた。やがて空の目から一粒の涙がこぼれ、頬を伝って流れ落ちた。


音楽室で二時間ほど鶴岡先生と話し込んで学校を出た私と空は、タクシーで「奥の細道むすびの地記念館」に向かった。

裏手に流れている水路の上を覆うように、幾重にも折り重なった桜が花を咲かせていた。ちょうど、満開だ。

花と花とのあいだから、記念館の脇に立っている常夜灯が見え隠れしている。

「大きくなってたなあ……」

文子の姿をみかけたときのことを言っているのは、すぐにわかった。その言葉を、私は肯定も否定もしなかった。

もしあそこで文子に会ってしまったら、空はきっといろいろな感情に呑み込まれてしまう。今までのように、SNSでやりとりをすることもできなくなってしまうかもしれない。もしかすると、そのことを恐れていたのかもしれない。

SNSでの投稿を見ている限り、文子はけっしてそういう子どもでないように思える。

これは、教師として十代の子どもたちといつも接しているがゆえの直感。

けれども親子の関係は、教師の側から見ていても、わからないことがいくらでもある。

だから、親子が自分たちで答えをみつけるしかない。

私は空の言葉には応えず、満開の桜を見上げながら呟くように声に出した。

蛤《はまぐり》の　ふたみに　別れ行く秋ぞ

芭蕉と再会することを心待ちにしていた弟子たちは、大垣の街に着いた芭蕉をねぎらう。けれどもそれもつかの間、芭蕉は二見ヶ浦《ふたみがうら》へと向かうことになった。

ここからは、伊勢に向かうための船が出ている。芭蕉の『おくのほそ道』の旅の最終目的は、伊勢神宮で二十年に一度行われる式年遷宮に合わせて参拝に行くことだった。

この句は「蛤」と「行く秋」の二つの季語が入っているけれど、晩秋に詠まれたので「行く秋」のほうが中心になる。一方で、二見ヶ浦で弟子たちと別れる寂しさを、あえて春の季語である「蛤」を詠み込むことで表現している。そう考えれば、今この春の盛りにこの句を重ねることも、間違いではないのかもしれない。

そのとき、不意に空のバッグの中で、スマートフォンが振動音を立てた。

「ちょっと、ごめんね」

空は早口に言いながら、バッグの中を手で探る。

スマートフォンを手に取った空がこちらに画面を見せた瞬間、私はあっと声をあげそうになった。

差出人は、ぶん——文子だった。SNS経由で、メッセージが届いていた。

——かさねさん。久しぶり。最近あんまり連絡くれないけれど、どうしてますか? ちょっと、『おくのほそ道』についての探究学習で聞きたいことがあるので、また今度教えてください。

空はホッとしたような、照れ臭そうな笑いを浮かべて、

「私じゃないんだけどなあ……美穂が話してくれた内容を、そのまま伝えただけなのに」と、呟いた。

「そんなものだよ。私だって、自分で調べたり、研究したりしたことを教えているわけじゃなくて、勉強したことをそのまま話しているだけだもの」

「へえ、そうなんだ」

「どうする? まだ行ってない場所、けっこうあるけど。もう少し回ってみる?」

私が訊ねると、空はしばらくのあいだぼんやりとスマートフォンの画面をみつめてい

た。そして、

「……ううん、『おくのほそ道』じゃなくてもいいや」と言って、画面を閉じた。

「どういうこと?」

私が訊ねると、空はさっぱりとした表情で答えた。

「いつか文子ともっと色んな話をしたいから、ちゃんとした大人になろうと思って。私があなたの母親だって堂々と言えるようになって、会いにいくんだ」

そのときの空の様子に、私は懐かしさを覚えた。

そうだ、川谷空はこういう人だったのだ。

高校一年生のときに初めて渡部希美に紹介されたとき。文芸部で活動していたとき。松山で行われた俳句甲子園の全国大会に出場したとき。

私はいつも、空のことを見上げていた。

子どもっぽい私よりも考え方が少し大人で、一歩二歩先を歩いていて、私のことを助けてくれる。

私はそんな彼女にもう一度出会うことができた。それがきっと、私にとっての『おくのほそ道』の旅だったのだ。

「うん。文子が大人になる前に、絶対に会いに行くから」

自分自身に言い聞かせるように、空は二度頷いた。その様子を見て、

「空は本当に、昔と変わらないなあ……」と、私は思わず漏らす。

「そうかな？」

「うん。ぜんぜん変わらないよ」

きっと空は、ずっと空のままなのだ。時に難しいことにぶつかったり、思い悩んだりすることもあるけれど、それでもきっと前を向いて歩いて行く。そして、私を導いてくれる。

甘えてばかりもいられないなあ……と、思う。

でも、これでも良いかなという気持ちもある。

五年後も、十年後も、二十年後も……たとえ私たちがおばあちゃんになっても、きっと私たちはずっと同じような関係でいられるのだろう。そう思えた。

「ほら、空。行こう！」

私は川沿いに立つ常夜灯に向かって走り出す。

「あっ、美穂ずるーい！」

空は叫ぶように言って、私を追いかけた。

そこからは、体力の差。あっという間に空は私を追い抜いて、常夜灯にたどり着く。

「ゴール！」

そう叫びながら息を弾ませて、「奥の細道むすびの地記念館」のほうを振り返った。

私はようやく空に追いつくと、両手を膝について、深く呼吸をする。三十代になって、やっぱり驚くほど体力が落ちている。

「美穂はやっぱり、もうちょっと運動しないとね」

空は勝ち誇った表情を私に向けた。

満開の桜の下、私たちの『おくのほそ道』の旅は終わった。

『おくのほそ道』本文は、穎原退蔵・尾形仂訳注『新版　おくのほそ道　現代語訳／曾良随行日記付き』（角川書店〈角川ソフィア文庫〉、平成十五年）から引用しています。

本書は書き下ろしです。

双葉文庫

お-41-02

週末《しゅうまつ》は、おくのほそ道《みち》。

2023年11月18日　第1刷発行

【著者】
大橋崇行《おおはしたかゆき》

【発行者】
箕浦克史
【発行所】
株式会社双葉社
〒162-8540 東京都新宿区東五軒町3番28号
［電話］03-5261-4818(営業部)　03-5261-4831(編集部)
www.futabasha.co.jp（双葉社の書籍・コミックが買えます）
【印刷所】
大日本印刷株式会社
【製本所】
大日本印刷株式会社
【カバー印刷】
株式会社久栄社
【DTP】
株式会社ビーワークス

【フォーマット・デザイン】
日下潤一

ISBN978-4-575-52708-7 C0193
Printed in Japan